EN EL PRINCIPIO

El ORIGEN *De* RELIGIÓN
(*Spanish Edition*)

JAIME REYES

EN EL PRINCIPIO

El ORIGEN *De* RELIGIÓN
(Spanish Edition)

JAIME REYES

También por Jaime Reyes
Relatos cortos:
"The Shining City by the Sea"
El Síndrome de Lazaro

Memorias:
Primera noche
Columnista invitado
We Complain (Inglés)
Nos Quejamos (Español)

Blogs:
Opciones Para el Futuro de Puerto Rico (Español)
Options for the future of Puerto Rico (Inglés)
Legalización de la marihuana

Para mis nietos.
No necesariamente en orden de preferencia.

Anthony   Emily
Edward   Jasmine
Julian   Lesley
Jeramiah   Natasha
Jaziaah   Lyla
Ronin Jaime   Nina
Idris   Leah
Leon

Al principio, el hombre creo a Dios.
— Jethro Tull

Si Dios no existiera, sería necesario inventarlo.
— Voltaire

Que es, es hombre uno de los errores de Dios o es Dios error de hombre?
— Friedrich Nietzsche

Se dice que el hombre no puede ser el sueño de los dioses,
sino que los dioses son los sueños de los hombres.
— Carl Sagan

Qué dioses existen, qué dioses han existido,
que no eran de la imaginación del hombre.
— Joseph Campbell

TABLE *of* CONTENTS

INTRODUCCIÓN

Asambleas religiosas, del Cristianismo al Judaísmo, Islam, Hinduismo y otras y las diferentes facciones de cada una, son entre las organizaciones más poderosas jamás creadas. Aunque claman representar y pretenden hablar por el Ser Supremo, las religiones no han existido siempre. Como un anónimo escritor dijo una vez, religiones son "las invenciones de la imaginación de alguien."

Todas las creencias religiosas tuvieron un comienzo. Alguien, en algún momento, en algún lugar, surgió la idea. Puede haber sido una epifanía, una invención de necesidad, o simplemente una idea descabellada. Independientemente de la fuente de inspiración, una persona o un pequeño grupo de individuos semejantes produjeron un germen de una idea que floreció en una potencia diseñada principalmente para algún tipo de beneficio, para manipular o controlar a otros. Es concebible que algunos innovadores religiosos inicialmente tenían más intenciones altruistas, pero en tiempo, la innovación se desarrolló en empresas disfrazadas.

Los primeros proto humanos como Neandertales y Cromañón enterraban a sus muertos y cuidaban de sus enfermos y heridos. Es seguro asumir que experimentaron alguna forma de conciencia espiritual primitiva. También, no es difícil creer que alguien tenía que convertirse en el primer sacerdote, chamán, guía espiritual o hechicero para realizar el beneficio de la organización y explotación de tales nociones primitivas. Esta es la historia de esa persona.

No fue inspiración divina; de lo contrario, la era del politeísmo entonces podía excluirse de la historia.

El supuesto sólo cuestionable es él cuando. Podría haber sido 100 mil años, la mitad de eso, o tal vez doble más. Se trata de una versión novelada del uso más temprano de persuasión religiosa y la primera persona en tomar ventaja del poder que viene con la asunción del sacerdocio.

Da Vinci fue adelantado a su tiempo en la edad media, Og era un habitante cavernícola excepcionalmente inteligente.

La premisa de este relato ficticio es que un tal hombre primitivo excepcional, por necesidad encontró una manera de convencer a su troupe tribal que tenía las respuestas a sus miedos y temores. Una idea o una mentira repetida tantas veces se convierte en hecho aceptado, y una vez cementado en la psique, se convierte de cierto y imposible desalojar la convicción implantada.

Como Voltaire se divulga para haber dicho, "el primer clérigo fue el primer bribón que se reunió al primer tonto".

C A P Í T U L O   1
EPIFANÍA

Alrededor de 65.000 ADC

Og se encontraba sentado en su cueva, abrigado del diluvio vicioso. Era antiguo para personas de esa época y estaba comprensiblemente cansado. Sabía que si él no caza con la tribu, él no comería. Estaba relativamente bien de salud pero ya no era ni rápido ni ágil, y no quería ser pisoteado por un mastodonte, mutilado por un oso gigante, o comido por un macairado.

Debe haber una mejor manera de sobrevivir, Og pensó mientras la tormenta atronadora creció en intensidad y furia.

Vio algunos de los miembros tribales más jóvenes temblando en sus cuevas o acurrucados en chozas con agujeros. Habían experimentado tormentas antes pero no tan brutal como esta. Og había vivido más tiempo que cualquiera de ellos y se dio cuenta de que esta tormenta pasaría, como todas los demás. Dio cuenta que aunque las chozas podían ser sopladas a lo lejos, ninguna tormenta nunca había destruido una cueva. *Hmm. Tienen miedos, y yo no,* pensó. *¿Cómo puedo usar esto para mi beneficio? Sí, ya sé.*

Trabajó su confianza y fue a la cueva más grande, donde el jefe temblaba con su compañera, niños y miembros superiores de la tribu. "Jefe Olo," Og dijo, "sabes que he vivido por largo tiempo y he visto problemas de la naturaleza muchas veces. ¡Los espíritus están enojados, y debemos apaciguarlos!"

"¿Cómo?", preguntó el jefe.

"Cuando era más joven, una tormenta como esta vino a la tribu, y mi padre oró al espíritu, enciendo fuegos toda la noche, sacrifico un perro del pueblo y bailó para él. Esto complació el que manda la tormenta, y hubo paz otra vez. Recuerdo todo lo que hizo, y yo puedo hacer lo mismo, pero será toda la noche y no podre salir con el grupo de caza de la mañana. Para una pequeña parte de la caza de mañana, estaría alegre realizar el ritual y acabar con este problema."

El joven jefe no tenía ninguna solución propia, por eso no tuvo elección, pero creer lo que el hombre mayor decía y se puso de acuerdo. Y también sugirió a Olo que sería mejor si los aldeanos que estaban en cabañas de paja se muden a cuevas por ahora. La tormenta no se detendría durante algún tiempo, y Og advirtió que los endebles refugios podrían ser dañados o destruidos, junto con ésos adentro. El jefe vio la sabiduría de la sugerencia y dirigió a los miembros de cavernas que compartieran por la noche.

OG ahora tuvo que proporcionar una muestra convincente. No era importante si él personalmente creía en lo que pretendía hacer. Buscó en su cueva sonajas, huesos o cualquier tipo de matraca. Rápidamente pintó su rostro como si ir a la guerra, y entonces atrapo uno de los perritos que frecuentaban la aldea buscando restos.

Y ahora estaba listo para intentar impresionar a las familias asustadas tribales. No tenía ninguna memoria verdadera de lo que afirmó que había hecho su padre, pero la tribu tampoco sabía. Lo que hizo sería nuevo para ellos y para sí mismo.

El aspirante a sacerdote había atado el perro condenado a una estaca en la tierra de la aldea y comenzó a dar brincos combinados con la confusión de sus matracas, arrojando los huesos en el aire y haciendo sonidos y galimatías mientras continuaba sus gestiones salvaje. Le dio al espíritu de la tormenta un nombre, Ura y lo gritó fuertemente y a menudo.

La tribu miraba desde sus refugios y cuevas, desconcertadas, pero con creciente interés. Los niños más pequeños estaban asustados no solamente de la tormenta, pero de las payasadas del viejo loco y ruidos extraños. Las madres celebraron los iniciados firmemente e intentaron consolarlos. Tenían demasiado miedo también, pero con esperanza de que Og los salvaran de las lluvias torrenciales, relámpagos y vientos aulladores.

Las aactividades de OG lo cansan rápidamente, pero tuvo que seguir para hacer una presentación convincente. Para tomar un breve descanso entre danzas y encantamientos, cayó de rodillas y se inclinó reverentemente con los brazos hacia fuera mientras destellos de relámpago producían un inquietante telón de fondo de repentino iluminando el centro de atención para sus giros salvajes. A veces él puso sus manos juntas en súplica mientras miraba el cielo y habló con seres inexistentes invisibles. Observa los destellos del relámpago y el intervalo entre el flash y el sonido del trueno. No sabía cómo contar pero entendía los conceptos de tiempo y distancia. Él sabía que los intervalos más cortos entre el trueno y el relámpago significaban que las lanzas de luz se estaban acercando y él debe refugiarse. OG había estado vivo mucho más que cualquiera de su pueblo había existido, y él había tenido más tiempo para aprender y comprender las formas de la naturaleza. También era más inteligente que otras personas de su época.

Una idea vino a su mente. Si funciona, la pantalla demostraría sus poderes misteriosos. Le pidió el jefe por su lanza más larga — no una de los antiguos con puntas de hueso afilado pero una de los nuevas hechas con los fragmentos de metal que la tribu había encontrado explorando cuevas nuevas. Recordó una tormenta anterior cuando un rayo de fuego pulsó un cazador y lo mato en el acto mientras llevaba una lanza con punta de metal.

Los rayos estaban cada vez más cercanos cuando la tormenta continuó a moverse en dirección de la aldea. Él sabía que tenía que apresurarse. Afuera en el campo, estaría en peligro para un golpe directo. Plantó la lanza del jefe en medio de la zona despejada alrededor del centro del pueblo, amarro el perro a la lanza y se trasladó a un lugar seguro lejos del campo abierto. Poco tiempo después, como el de esperaba, la lanza con punta de metal atrajo el rayo. El tornillo de fuego ilumino todo el pueblo, y el perro sacrificial desapareció en el flash explosivo. Otra vez, Og observó la diferencia de tiempo entre los flashes y el sonido, y él salió para el aire libre cuando pienso que estaba seguro.

 "¡Ura se complace con la oferta!" Le gritó el jefe. "La tormenta pasará pronto, y pueden dormir en paz. Yo seguiré a través de la noche a pedir el espíritu poderoso de la tormenta que tenga piedad de nosotros y a su hermano Ka, el espíritu de los cazadores, que nos favorezca con una buen caza mañana."

CAPÍTULO 2
CRECIMIENTO DE CREENCIA Y PODER

La tormenta disminuyó durante la noche como había esperado Og, y él aceptó alegremente los elogios que acompañan en la mañana. También exhortó a los cazadores que marcharon para la caza del día. Sabiendo que la mención del espíritu cazador les daría una mayor confianza. El sacerdote recién autoproclamado sabía que palabras animadas no cambian nada, pero de vez en cuando afectan y energizan la gente a máximo esfuerzo.

Con sorpresa inexpresiva por Og, la caza fue muy acertada. Él demandó que le dieran crédito, pero también reverencia a Ka. El clan comería bien durante días. Como prometido, Og recibió una ración sustancial en recompensa, pero también en honor y respeto.

Mientras que Og planeó su futuro como representante de los espíritus y su sacerdote, Olo, el jefe reflexionó sobre el peligro de su posición como líder de la tribu. Sabía que Og, en virtud de su edad y experiencia, tenía buena reputación y posición en la tribu. Ahora que él muestro a algún tipo de poder sobre los elementos, la tribu seguramente sostendría la reverencia. El jefe estaba asustado, sobre todo después de ver la lanza de luz de los cielos obliterar el perro sacrificado. *¿Qué más puede él hacer?* Olo se pregunta. *¿Me puede hacer desaparecer también?* El Jefe Olo le resultaría muy difícil descansar tranquilo esta noche — y tal vez otras.

Durante los próximos días después de la gran tormenta, y experimentó hubo un cambio definitivo en la forma que la gente reaccionó a él. Se dio cuenta de un mayor respeto y, en algunos, una sensación de asombro dirigida a él por la mayoría de los pobladores. Hubo una notable excepción. Olo mantuvo su distancia, y a veces, cuando Og se acercaba al jefe mientras se reunia con otros mayores de la tribu, Olo dejaba de hablar y buscaba una excusa para salir. OG era demasiado inteligente para ser desconcertado por la reacción del jefe. Altavoz de los dioses o no, Og detectada peligro si el jefe actuaba en sus temores de perder el control o quedar desplazado por un anciano que tenía nada más que reclamos y encantamientos.

OG se dio cuenta de que el jefe tenía poder real en forma de ser más joven, aliados obedientes y parientes que lo defendería en cualquier confrontación. Olo también tenía armas y músculos más potentes para ejercer con habilidad. Og sólo tenía ingenio superior, pero que no le protegería contra una lanza diestramente lanzada o aporreado en la oscuridad de la noche.

El antiguo Og necesitaba un plan para ganarse la confianza del jefe o al menos aliviar su temor de perder el poder sobre su comunidad. OG era razonablemente seguro que su líder no tomaría ninguna acción directa en cualquier momento pronto. Puso el problema a un lado mientras que él contemplaba maneras de consolidar la realidad de sus espíritus conjurados.

Le dio nombres a los espíritus y dibujo símbolos de identificación. El nombrado en primer lugar era Ura, el portador de las tormentas, y su símbolo era un perno del relámpago. Una lanza simbolizó Ka, el espíritu de la caza. Un hacha representaba a Ra, el dios de la guerra. Él dibujó los símbolos en las paredes de su cueva sencilla sin adornos y solitaria.

Promoviendo su plan de seguir adoctrinamiento, Og se levantaba cada mañana para hablar con el grupo de cazadores del día para desearles gran éxito. Él inventó rituales y conjuros con la intención de reforzar su confianza. A veces, acompañaba a los cazadores hacia el bosque, sabiendo que su experiencia podría marcar la diferencia entre el éxito y el fracaso. Sugirió que uno de los cazadores más jóvenes escalar el árbol más alto para buscar la caza. Esa táctica era más fácil que buscar rastro sobre la tierra.

Los talentos de caza y acecho habilidades, que Og adquirió y perfeccionó a través de los años, combinado con las alentadoras palabras aseguró caza fructífera. Prosperidad de la tribu creció con cada salida exitosa con más alimentos y pieles. Después de cada cacería, incluso acompañando a los cazadores o no, el día terminaría con el sacerdote alabando las habilidades de liderazgo del jefe Olo mientras ofreciendo gracias a su creciente grupo de seres sobrenaturales. Su intención era mostrar que las acciones del jefe eran tan necesarias como la influencia de los dioses.

OG no percibió cambios en los temores infundados en Olo y pienso que palabras de alabanza no eran suficientes para aliviar la aprehensión de su líder, a pesar del hecho de que nadie, ni el jefe, podría negar que la tribu estaba prosperando en el final. Sin duda, Og también estaba viviendo mejor que en tiempos pasados. Su cueva era antes un hogar empobrecido, ahora estaba decorado con arte en las paredes con su creciente colección de dioses imaginarios. Su suministro de elementos necesarios aumentaba diariamente. Og estaba seguro de que mas nunca iría hambriento.

Después de sentirse seguro que su sacerdocio se estableció, Og hizo una práctica de salir de la aldea durante la luna llena en "comunión con los espíritus", o así le dijo a cualquiera que preguntaba. Previamente había descubierto una pequeña cueva en una colina cerca de la aldea que él había equipado con colchonetas, alimentos que no estropean fácilmente, una lanza y una porra para protección. El pequeño refugio de campo se convirtió en su segundo hogar lejos de la aldea. Estaba bien abastecido de las necesidades básicas y estaba a salvo de los depredadores de acecho de la noche.

Una mañana después de una luna llena Og no había regresado todavía a la aldea cuando los cazadores salieron en busca. El jefe Olo decidió acompañar al partido en esa incursión. En el camino de un alce grande, los guerreros interrumpieron a un oso tratando de desalojar a un enorme panal de abejas de una rama de un árbol. El oso dio vuelta a los hombres al volar las lanzas. Aunque tres misiles alcanzaron la bestia lanuda, no lo pararon. Todavía le quedaba bastante fuerza para pulsar a Olo en un muslo, abriendo una herida horrible. El jefe tuvo la suerte de que la fuerza del golpe también lo envió volando, creando distancia entre ellos. Esto les dio a los cazadores el espacio para maniobrar y lanzar otra andanada de jabalinas. Esa vez las puntas hicieron contacto con su objetivo y derribaron el animal gigante para siempre.

Los cazadores gritaron en su alegría, pero cortaron la celebración cuando pronto vieron a su líder en un charco de sangre. Cuatro de los cazadores más fuertes recogieron el jefe golpeado y lo llevaron a la aldea. El resto de la troupe se quedó para picar el oso y llevarlo en trozos.

En la cueva de Olo, su compañera y otras mujeres hicieron todo lo posible para detener el sangra miento y envolvieron el muslo con las hojas medicinales. Deseaban que Og estuviera allí porque era más hábil en las artes curativas, y creían que él podría conjurar a los dioses a intervenir. OG no volvió hasta el día siguiente. El había elegido quedarse para descansar un poco de la experiencia difícil de fingir que él era la voz de los espíritus.

A su llegada, examinó la herida y vio que ya estaba purulenta con infección. Su pueblo no sabía que las garras de osos de las cavernas y otros depredadores eran a menudo contaminadas con los restos de mata anterior. OG no sabía por qué las infecciones ocurren, pero sabía instintivamente que lesiones se ponen más graves cuando no se limpian. Mientras trabajaba con la herida, escuchó la historia del ataque, y sus oídos se animaron cuando el orador mencionó la colmena.

"Ve rápidamente", dijo Og, "Trae la colmena y no pierdas una gota de miel. Corre lo más rápido posible." El sabía de los beneficios curativos de la miel. Su madre había tratado a su padre con miel cuando había tenido una infección grave hace muchos años. El remedio había trabajado entonces, y Og esperaba que funcionara igualmente ahora.

El sacerdote se convirtió en hechicero y limpio bien la herida. Cuando la miel llegó, él manchó en y alrededor de la herida. Luego envolvió la herida con hojas grandes y las ato alrededor del muslo con cuerdas de hierba tejida. Le dijo a la compañera de Olo, "Dale mucha agua y envía por mi si su frente consiguió más caliente. Og no se le olvido añadir unos encantamientos en el protocolo de curación a pesar de que él era el único que sabía que ninguna cantidad de oración podía reparar una herida.

Durante los próximos días, Og pasó gran parte de su tiempo atendiendo al jefe herido. Lo enfriaba r cuando la fiebre le subía y cambiaba los apósitos empapados en miel una vez al día. Cada vez que trabajaba en la lesión, Og murmuraba algunas sandeces y tiraba al aire los huesos que ahora llevaba en un pequeño saco. Su, la hermana del jefe se convirtió en su ayudante mientras cuidaba de Olo.

Aunque Og era antiguo cuando comparado con otros miembros de la tribu, algunas de las hembras que lo habían ignorado previamente habían comenzado a buscar su compañía. Estuvo sin compañía durante mucho tiempo después de sobrevivir a dos parejas. Ahora, trabajando con Su le dio esperanza de que quizás ella lo podría encontrarlo deseable para convertirse en su compañera. Sus esperanzas se convirtieron en la realidad.

Og sabía que todo lo que hacía funcionaría en su favor o contra él cuando se trataba del miedo de Olo a perder el control de su tribu. No tenía ningún deseo de dirigir una tribu; era mucho trabajo y responsabilidad. Tendería más bien a la necesidad espiritual de la gente, independientemente de la validez de tales necesidades. Olo tenía que sobrevivir y volver a sus deberes como líder de las familias. Sería el paso más importante que el jefe lo aceptaría por lo que era: un sacerdote con ningún deseo de desplazarlo en la cabeza del clan. El segundo paso sería solidificar su relación con Su. El apareamiento tendría el resultado con Og como miembro de la familia de Olo, tal vez mejorando la relación con el jefe.

Og siguió cuidando a su jefe hasta que estaba seguro de que la infección había desaparecido y que su recuperación era cierta. La próxima luna, Olo estaba lo suficientemente bien para caminar con la ayuda de su joven hijo Ato y un bastón fuerte. Olo siempre sospechaba algo de Og, o quizás era solamente envidia. También se dio cuenta de que Og podría haber dejarlo morir o envenenarlo. Pero ahora estaba vivo y tenía que estar agradecido a Og por sus esfuerzos. El jefe que recuperaba también era muy consciente de que había prosperidad bastante en el pueblo ya que el sacerdote había empezado a buscar la ayuda de los espíritus. Ahora, con su hermana al lado de Og, Olo estaba seguro de que la traición era imposible.

No había celebración formal de boda, promesas o ritual de compromiso. Apareamientos sucedían más naturalmente, cuando las parejas se aceptaban mutuamente. Olo aprobó, y la pareja se unió para formar un hogar propio. Algunas de las otras mujeres que tenían diseños en Og se encontraron decepcionadas y chismearon entre ellas mismas. Pero porque Su era hermana del jefe y ahora estaba bajo la protección del guía de los espíritus, no tenían ninguna opción pero aceptar las cosas como eran.

Temores de OLO disminuyeron con el tiempo, hasta el punto donde Og ya no estaba preocupado por su posición o su seguridad. Lo que estaba haciendo produjo grandes resultados en la vista del jefe, los ancianos y la población de la aldea.

Los líderes tribales y jefe empezaron a invitar a Og a unirse a ellos cuando se reunieron para tratar asuntos de aldea o cuando era hora de considerar decisiones importantes. La sabiduría de OG se hizo evidente, y su posición y su influencia crecieron en importancia. Él era muy cuidadoso, ofreciendo sus pensamientos como simples sugerencias, no órdenes o demandas.

Ya el anciano no estaba solo. Se encontró completamente ungido como sacerdote y consejero, después de seleccionar a Su como su tercera esposa. La vida era interesante otra vez. No tenía ninguna necesidad de cazar o recolectar frutas y frutos secos en el campo. Sus días se dedicaron a inventar espíritus para honrar, o por el contrario, encontrarlos responsables de eventos inexplicables o trágico.

Los nuevos espíritus también recibieron nombres y símbolos de identificación. Incluso los símbolos de los recién creados espíritus malignos. El principal espíritu oscuro, representado por la luna, fue nombrado Lun. La serpiente simboliza el creador de la enfermedad y recibió el nombre de Hisa. OG fue quedando sin espacio en las paredes de su cueva para representar los símbolos. Necesitaba una cueva más amplia o tendría que dejar de crear nuevos espíritus al culto para infundir miedo.

Un día, Su pregunta a su compañero si los espíritus tienen un líder o jefe. Og pensó rápidamente y dijo a su esposa, "por supuesto. Solo necesito un lugar de honor en mi pared para dibujar su símbolo". No le tomó mucho en nombrar del jefe de espíritus y encontrar a un símbolo apropiado. Le llamó Alu y eligió el sol como su signo. Le parecía mejor tener una respuesta lista si otros miembros de la tribu le preguntaban sobre otros espíritus, su origen y su propósito. Consideró que todas las ocurrencias naturales requieren un espíritu. Tenían que haber más; seguramente un espíritu, o pocos, no pueden ser a cargo de todo. Y también inventó orígenes de los seres extraños que se enteraban de los asuntos de los hombres y su mundo.

Otra pregunta que necesitaría una respuesta algún día fue "¿Cómo o por qué los espíritus crearon la gente?" Seguramente deben haber venido los dioses ante la gente. OG tomó su tiempo reflexionando sobre los posibles orígenes de su pueblo. Por ahora, simplemente diciendo que los dioses formaron al hombre de la tierra tendría que satisfacer.

CAPÍTULO 3
FAMILIA DE OG PROSPERA

Dentro de dos años, Su había producido a un hijo, a quien llamaron Tor, y una hija nombrada Nia. La dedicada compañera de Og quería contribuir a la fortuna de su familia y aprendió a tallar los iconos que representaban el cuadro de los espíritus inventados por su compañero, usando cornamentas, huesos y colmillos de mastodonte. Comercializo los iconos por los metales brillantes encontrados en el río y en algunas cuevas.

La vida era agradable para Og y su familia creciente, pero no todo era bien todo el tiempo. Hubo algunos días difíciles en ocasiones. OG la echaba la culpa a los espíritus oscuros o, más eficazmente, a las inaceptables acciones de los pobladores cuando ocurría algo desagradable. Redención siempre tenía un precio. Una canasta de frutas, plumas decorativas, o un pellejo fino podría satisfacer al espíritu ofendido y obtener perdón de la persona rebelde.

Og sabía que sus hijos serían bien apagados por el resto de sus vidas, o por lo menos mientras él tenía poder, pero él insistió que Tor aprendiera a lanzar su jabalina, seguir sigilosamente a la caza tan bien como los otros muchachos de la tribu. OG eligió a Ato, el mejor cazador e hijo del Jefe Olo, a ser mentor de su hijo. Tor tendría el mejor maestro, y Og aliado con el futuro jefe agradecido como maestro y protector de su hijo.

Tor también tenía que estudiar en casa para aprender sobre los espíritus, sus funciones y sus orígenes. Og espera que su hijo siga la tradición familiar cuando el tiempo de Og termine en la tierra. El brillante niño absorbe cada lección que su padre le enseña. La vida relativamente rica que disfruta sirvió como estímulo. Se dio cuenta que la vida de un sacerdote ofrece más beneficios, riquezas, seguridad y facilidad que la de cazador o de guerrero.

La hija de OG era hermosa y tan inteligente como su hermano y su padre. Nia se convirtió como experta en la talla de figuras como su madre y había aprendido las lecciones necesarias para la supervivencia. Añadió el arte de formar el metal brillante del río en ornamentos anhelados pro los aldeanos.

Poder y la influencia de OG ampliaron como creencia de la gente en su alianza con los espíritus creció en intensidad. El jefe siempre sentía celos un poco, incluso después de que Og le salvó la vida, pero fue incapaz de comprender el alcance del poder del sacerdote y seguía siendo demasiado temeroso desafiar la relación de Og con los misteriosos poderes superiores. Tor floreció como un aprendiz y estudió los encantamientos y rituales de su padre añadiendo algunos del mismo. Instintivamente, sospechó que su padre anciano había inventado los seres invisibles y que su comunicación con ellos era puramente imaginaria. Sin embargo, el joven no estaba a punto de dejar el secreto escapar.

A pesar de los celos restantes de Olo, fue contenido todavía que su tribu estaba haciendo bien. Sus cazadores salieron todos los días después de recibir palabras alentadoras y bendiciones de Og o Tor. Cazas sin éxito eran raras. No era culpa del espíritu de cazadores si un cazador torpe había agrietado una ramita o tropezó mientras acosando un ciervo.

CAPÍTULO 4

LA VENIDA DE
LA GUERRA

Problemas se presentaron cuando pueblos cercanos se dieron cuenta de que la tribu de Olo gozaba de mejor fortuna que ellos. Los celos se dirigieron a la ira, que finalmente llevó a escaramuzas e incursiones. Previamente, no había ninguna razón para invocar el espíritu de guerra, RA. Ahora era un buen momento para aprovechar la ira del dios de la guerra y castigar a los clanes infieles y rebeldes. Og y Tor se reunieron secretamente para discutir un plan de acción diseñado para animar y alentar a Olo y sus guerreros para enseñarles una lección a los otros pueblos.

El pueblo que causó la mayoría de molestia se convirtió en el primer objetivo. Og cree que, si el ataque sale efectivo, otros pueblos no desearían retos en el futuro. El plan presentado al Jefe Olo y los mayores incluye los fundamentos que otras tribus no deben atacar cada vez que querían sin esperar represalias fuertes. Og le dijo, "tenemos buenos guerreros y Ra, el espíritu de guerra, a nuestro lado. ATO es también un luchador experto y líder excelente. Esos activos y un buen plan de batalla le aseguran la victoria. Cada pueblo oyera de nuestro triunfo y no se atreverían continuar sus actos molestosos de falta de respeto y violencia." El jefe, su hijo y todos en el Consejo acordaron que el argumento de Og tenía buen sentido.

Og decidió que, a pesar del peligro y su juventud, Tor debe acompañar a los guerreros en batalla. Nada da más inspiración o construye una mayor confianza que la presencia del representante del dios de la guerra en el conflicto. Og mandó a Tor a permanecer cerca de Ato y sus guerreros favoritos porque eso sería la posición más segura entre los combatientes. El padre y el hijo designaron escudos primitivos con un dibujo de un

15

hacha, símbolo aceptado del espíritu de guerra. Los iconos servirían como un recordatorio constante de la ayuda de la deidad.

En el día de la batalla, las preparaciones antes del alba incluyeron las suplicas de Og y Tor dirigido a Alu, el jefe de los dioses y su hijo Ra para un día victorioso. Bendiciones y estímulos, con el sacrificio de animales pequeños, concluyeron el ritual antes de salir. Manchada con la sangre del sacrificio, los guerreros se marcharon a la batalla.

OG no sólo era un talentoso sacerdote sino también un talento táctico. Insistió en un ataque temprano en la mañana, cuando el enemigo estaba todavía dormido o somnoliento; y confundidos por el ataque de sorpresa. Dijo también el jefe que los espíritus necesitan ofertas de sangre temprano en el día.

Fuerzas de Ato rodearon la aldea objetiva con instrucciones para acercarse silenciosamente como más posible. Los perros del pueblo probablemente sonarían la primera advertencia, pero eso no era evitable. Los perros que ladraron fueron la señal para atacar. Como había aconsejado Og, Tor permaneció cerca de Ato y sus seguidores más cercanos. La batalla fue breve pero eficaz. La intención de los atacantes era infundir miedo y no a matar indiscriminadamente. Og hace todo lo posible para convencer a Olo que es mejor tener aliados en lugar de enemigos eternos. Muerte por delitos menores podría crear odio imperdonable. La incursión fue un inmenso éxito a pesar de que sólo un pequeño número en la aldea objetiva fueron muertos. El grupo invasor ganó mucho tesoro, incluyendo armas, alimentos, pieles y varias mujeres jóvenes. Pocos guerreros de Olo resultaron heridos y ninguno seriamente.

Og estaba orgulloso de su hijo, cuya estatura se levantó como guerrero y sacerdote. Sus cualidades de liderazgo se hicieron evidentes cuando sugiero la colocación de guardias permanentes para que su propio pueblo evitara un retroceso similar en el futuro. Pronto se dieron cuenta de que otros pueblos no se atrevieron atacar, y con el fin de mantener la paz, muchos trajeron regalos a Olo y ofrendas para el surtido de deidades de Og.

Olo deja a un lado sus celos, y finalmente aceptó que era mejor mantenerse en términos amistosos con el sacerdote y sus siguientes enumerados. Como resultado de acciones de Olo e influencia de Og, guerreros y sus familias de otros pueblos le pidieron a unirse a su grupo ahora altamente respetado y temido. El clan de Olo se beneficio de una infusión de nueva sangre, garantizando un crecimiento continuo para la congregación de seguidores sirviendo a Og.

CAPÍTULO 5
JEFE ATO

En momentos de reflexión tranquila, Og examinó las condiciones de su presente. Era rico más allá de sus sueños no sólo en riqueza material, sino también en el respeto y honor. A pesar del éxito sin precedentes, creía que su mayor logro no fue la creación de un sistema de creencias imaginarias, sino producir una familia de hijos y nietos que aumenta a los placeres de la vida. Su familia creció, y dio la bienvenida a la llegada de más descendencia con quien compartir su conocimiento y poder. Su objetivo era que ellos y sus descendientes algún día extenderían sus enseñanzas a otros pueblos, y todas las personas llegarían a aceptar a los dioses que había creado. Ato asumió el liderazgo después que su padre, disminuido por la edad y lesiones anteriores, se acerco demasiado a un mastodonte herido y enfurecido. El pueblo lloró por varios días. Og y Tor condujeron la tribu en rituales que pretenden guiar al Jefe muerto para el mundo de los espíritus. Él había sido obediente y fiel a los espíritus, que sin duda le agradecería. Enterraron a Olo en posición fetal, lo que significa un nuevo nacimiento. Sus armas personales se le unieron en la tumba.

Tor encontró a una compañera de Tia, una de las hijas de Ato. Como el hijo y la hija de los más prominentes miembros de la tribu, la pareja disfrutó de una existencia rica, sin embargo, no abusaron de su condición. Tor todavía funcionó como asistente de Og y siguió participando en la caza y las redadas. Tia aprendió de Su y Nia, el arte de tallar símbolos de los espíritus.

Tor y Nia le dieron a Og varios nietos. Los chicos estudiaron las enseñanzas espirituales de su abuelo y el arte de la caza y la guerra de su padre. Og había impresionado sobre ellos que la naturaleza y la fortuna favorecen el sabio y el adepto. Lo más que aprenden, lo más que podrían cumplir. Las chicas no fueron ignoradas; también aprendieron las habilidades necesarias para las mujeres de su época. Lia, la hija mayor de Tor había absorbido las lecciones de su abuela y practicaba el arte de la curación con hierbas y pociones.

C A P Í T U L O   6

EXTRANJEROS

Un día, Tor decidió explorar áreas lejos de su pueblo. Le dijo a su familia que se iba durante mucho tiempo, pero no hay que preocuparse. Og les dijo a los habitantes del pueblo que su hijo estaba en un viaje a comulgar con los espíritus y hacerse un mejor siervo.

Tor viajó en la dirección de donde se levanta el sol. Al volver, simplemente era necesario mantener el levantamiento sol a su espalda en orden de encontrar su camino a casa. Viajó por muchos días, solamente durante el día y asegurar él mismo en una cueva o un árbol alto, cuando el sol se fue a dormir. Él planeó caminar tanto como sea posible hasta que la luna pase de una astilla al completo.

El viaje exploratorio fue excepcional sólo en unos pocos encuentros con bestias salvajes que lo buscaron a él en vez de él a ellos. Escapó ileso en una confrontación con a un smilodon. Tor colecto el cráneo y la piel como trofeos, pero fue lo suficientemente sabio para darse cuenta de que el gato con dientes de sable fue retardado por lesión, enfermedad o edad. De lo contrario, no hubiera triunfado confrontando una fiera más joven o en buena salud.

En la mañana después de la luna llena, era hora de volver a casa. Había abandonado la percha en el árbol y dispuesto a volver a su área. Una cañada de humo a corta distancia capturo su atención. Curiosidad lo convenció, y fue a investigar. Tor era un experto rastreador y cazador, a hurtadillas, silencioso como una sombra a sus presas. Él entró en modo acecho cuando se acercó a la fuente del humo.

La vista que encontró casi lo llevó al descuido. Cogió su aliento y continuó a observar. En un campo alrededor de un fuego había unas criaturas extrañas, casi como él, pero no del todo. Tenían dos piernas y brazos, pero cabezas más pequeñas y eran menos hirsutas. Llevaban ropa extraña también.

Vio algunos con lanzas igual que él, pero otros hombres también tenían un palo extrañamente doblado atado a cada extremo con una cuerda fina y un recipiente estrecho lleno de lanzas más cortas y delgadas. Su padre siempre le había dicho que no debe ser descuidado y a desconfiar de lo insólito, pero no podía ir a casa con sólo la mitad de una historia. Necesitaba aprender más sobre los extranjeros y sus símbolos misteriosos.

Él siguió con cautela, pero mantuvo siempre una buena distancia de ellos. Tor vio una manada de alces en un claro a casi al mismo tiempo que los extranjeros. Se encontraban cerca de la manada, pero no lo suficientemente cerca para lanzar sus lanzas, pero no intentaron acercarse más. Un observador meticuloso, Tor siguió cada movimiento que hacían. Algunos de ellos alcanzaron en las cestas estrechas y sacaron los palillos que parecían lanzas pequeñas. Ellos luego se unieron a ellos con los palillos doblados atados con cuerdas. Los cazadores halaron hacia atrás las cuerdas. Los palillos unidos doblaron aún más. Los hombres soltaron las cuerdas de momento y los palillos finos agudos volaron casi silenciosamente hacia los alces. Tumbaron a tres animales, y la gente extraña saltó de su escondite para recoger su mata.

"Es un arma", Tor se dio cuenta. Los palillos pequeños eran tan mortíferos como una lanza, pero volaron más rápido y desde más lejos. Esto significó menor peligro a un cazador o un guerrero.

Tor necesitaba aprender más. Él retrasó su regreso a su casa para seguir los cazadores y estudiarlos. Permaneció cerca de ellos tres crecidas del sol. A veces estaba lo suficientemente cerca para oír hablar, pero los extraños sonidos procedentes de la boca eran galimatías para él. Siguió observando sus métodos de caza y estudiando cuidadosamente como utilizaron sus armas fascinantes. Recogió algunos de los palos abandonados que no golpearon sus blancos y observo como los hombres hicieron nuevos. Tenía que recoger más de ellos para llevar a su pueblo. En la tercera noche, mientras dormían los hombres inusuales, Tor se arrastró en su campo y recogió uno de los palillos doblados y una cesta de los palillos afilados y mortales.

No sabía si iban a notar que una de sus armas desapareció, pero no quería estar cerca si lo notaron. Cuando despertaron, Tor quería estar muy lejos. También no dejó un camino fácil para ellos seguir. Nadie lo persiguió. Sería mucho tiempo antes de que sus tribus se reunieran, y el resultado afectaría a ambas tribus para siempre.

El viaje de regreso de Tor tomó mucho menos tiempo. Él estaba impaciente por llegar a su aldea y contarle a su padre sobre las tierras nuevas y la gente extraña que había encontrado. Necesitaba la sabiduría de su padre para determinar si debe o no preocuparse.

Tor escondió los elementos recientemente descubiertos antes de entrar en el pueblo. Su padre estaba mejor equipado para decidir, que decirle a la tribu. Una cosa estaba segura: su pueblo necesitaba aprender a hacer y utilizar los palillos de matar para sobrevivir.

Todo el mundo estaba contento en su regreso. Una gran fiesta, encabezada por un jabalí grande que Tor había traído con él, celebró su llegada, y sólo los niños durmieron bien esa primera noche. Tor limito sus historias para describir las tierras y vías fluviales que descubrió y sus discursos privados con varios dioses. Su padre sería el primero en enterarse acerca de los visitantes y la sorprendente nueva arma. Él planeo dar un paseo con Og en la mañana siguiente para hablar con él privadamente sobre lo que había visto y muestrear las maravillosas herramientas que había descubierto.

El momento triste sólo llegó cuando Og admitió que su tiempo sobre la tierra estaba llegando a su fin. "Hijo," él dijo, "la última mitad de mi vida ha sido mejor de lo que nadie podía esperar, pero no puedo seguir mucho más tiempo. Es tan fácil para mí decirle a la gente que no deben temer la muerte y que los espíritus tienen un lugar para ellos. Es mucho más difícil de convencerme a mí mismo de la validez de la declaración porque fui el que invento todo. Quisiera creer, pero..."

Padre, es posible que haya más después de que pasamos. Yo sabía casi desde el principio que sus historias eran compuestas, pero ayudaron a hacer creyentes de nuestra tribu y otros. Sin embargo, durante los años, después de repetir las mismas historias tantas veces, puedo haber convencido a mí mismo de esa potencialidad. Es hora de asegurarse de la posibilidad, aunque sólo sea para hacer los días que le quedan más felices y esperanzadores. Sin embargo, no es el momento de hablar sobre el final, pero más bien de un nuevo comienzo, después que te muestro lo que encontré."

Tor demostró las armas que había robado de los cazadores de aspecto peculiar. "Padre, en el camino de regreso, practiqué lo que veía hacer. Falle muchas veces tratando de conectar con el objetivo, pero falle menos a menudo mientras más practicaba. Al fin utilicé el arma para matar el jabalí que traje a la aldea antes de llegar. Las personas que hicieron estas también las perdían a veces, así como nuestros mejores cazadores fallan con sus lanzas de vez en cuando. Necesitarán mucha práctica para mejorar."

"¿Esta gente te vieron?" Og le pregunta.

"No, no me acerque hasta la última noche, y estaban dormidos cuando tomé estas cosas".

"Buena. Sin embargo, debemos permanecer en guardia de ahora en adelante. Igual sospecho que son peligrosos, y quizás nos vean del mismo modo. La tribu puede ser más grande que el nuestro, y tienen mejores armas."

"¡Sí, pero ahora los tenemos también!"

Og dijo, "es cierto, pero tienen más y mejor capacitados en el uso. ¿Has visto cómo las hacía?"

"-Sí. Yo los observaba durante días. Sé cuales árboles eligieron para los palos doblados y los árboles que utilizaron para las lanzas pequeñas de vuelo. Las puntas se hacen del mismo modo que hacemos nuestras lanzas, excepto más pequeña. Tendremos que examinar las plumas en el otro extremo para entender cómo adjuntarlas. Madre es buena en la fabricación de baratijas para nuestra gente y los juguetes para los más pequeños; ella puede notar cosas que nosotros quizás no. Esa cosa pegajosa hacen del árbol de abedul puede ser útil también. Tal vez es la misma forma utilizada para sujetar los puntos a nuestras lanzas".

"La historia que les decimos, hijo, es que los espíritus han recompensado a nuestro pueblo con una nueva arma, y debemos aprender a hacerlas y usarlas correctamente. Recuerda Tor, que siempre hay que dar crédito a los dioses por algo difícil de explicar, y echarle culpa a las acciones de la gente cuando algo va mal. Los espíritus pueden enojarse y ser vengativo, pero nunca se equivocan. Ahora, vuelve a las cuevas y presenta a nuestro pueblo las armas nuevas. A partir de mañana, lleva algunos de los guerreros para el campo y comenzó sus lecciones. No menciones los extranjeros; puede asustarlos demasiado. Podemos esperar el momento adecuado."

CAPÍTULO 7
EL GATO GRANDE

Tor encontró los árboles correctos para duplicar las armas nuevas. Su, Nia, Tia y Lia estudiaron las dos piezas, y a través de ensayo y error, produjeron copias funcionarias. Como Tor había pensado, el pegamento de abedul era muy eficaz para colocar los puntos pequeños y las plumas. En pocas semanas, diez guerreros habían ejercido las extrañas nuevas armas. Adquiriendo habilidad en su uso era otro asunto. Sólo seis, contando a Tor y Ato, podrían golpear sus objetivos con cualquier frecuencia, incluso después de muchos días de práctica.

Tor y Ato quisieron poner a prueba las armas en una cacería real. Ellos y cuatro arqueros más hábiles además de dos expertos con la lanza formaron el partido. Tenían previsto ir en busca de ciervos o alces primero porque pensaban que tumbar un mastodonte o un oso con palitos tan pequeños parecía imposible.

Encontraron una manada de ciervos con la suficiente rapidez y se posicionaron en un semicírculo alrededor de los animales de destino. Había otro acosador que los cazadores no vieron, oyeron ni olieron. El gran macairodo había notado la nueva presa que era más lento y menos ágil que el ciervo o alce.

El gato seleccione su presa y cargo con un fuerte rugido. El cazador aterrorizado se quedo inmoble en sus pistas, y con no más de un suspiro, bajó sus armas y acepto su destino. Ato y Tor, con la ventaja de la experiencia y audacia, salieron al claro, montaron sus palitos afilados y los dejaron volar. Los dos líderes encuentran su marca. La flecha de Tor golpeó el pecho de la pantera, pero la de Ato había acallado su corazón. La bestia magnífica cayó muerta a pocos pasos de su deseada presa. Tor acercó al hombre temblando y le dice que le dé gracias a Ka, el protector de los cazadores. Los otros hombres quedaron asombrados por la habilidad de sus dirigentes e incluso más aún la efectividad de las diminutas lanzas lanzadas por el palo doblado. Juraron al jefe y el hijo del sacerdote y por supuesto Ka. Juraron que iban a practicar hasta obtener la habilidad igual que Tor y Ato.

C A P Í T U L O 8
MUJERES GUERRERAS

La tribu no particularmente saboreaba la carne de los felinos grandes, excepto bajo circunstancias inusuales, pero la piel y los colmillos eran valiosos. Dos cazadores se quedaron con el animal para colectar su piel y cortar la cabeza. Tor y Ato dividirían los premios. El resto de los cazadores continuaron a seguir a la manada dispersada y colocar dos ciervos. Necesitaban suficiente carne para completar la comida de la noche de la aldea.

El tema alrededor del fuego de la noche centrada en el valor de los dos que tumbaron el gato feroz y la maravilla de las armas que los espíritus proveyeron. Desde el día siguiente, los cazadores pasaron cada momento disponible practicando para obtener la habilidad necesaria para derribar a cualquier presa. En unos meses, cada guerrero llevaba un arco y un puñado de flets, como las armas llegaron a ser llamado. Muchas de las mujeres también aprendieron a utilizarlos Algunas eran mejores al golpear objetivos que los hombres. Og había insistido en permitir que las hembras aprendieran, pero no dijo por qué al principio. En la parte posterior de su mente, una idea fue echando raíces. Él siempre había creído que las hembras son capaces de hacer más que tener bebés o raspar las pieles para hacerlas usables. Sus hijas y nietas habían mostrado aptitudes notables en áreas que los hombres encontraban difícil. Una necesidad más urgente se hizo evidente con el descubrimiento de Tor de una posible nueva amenaza. Og sentía que armar a las mujeres dio a la tribu una mejor oportunidad de sobrevivir en una batalla donde podría posiblemente ser superados en número.

Otros aldeanos le preguntaron sobre los arcos y flets, pero por ahora, no se les permitía tenerlas o practicar con ellos. Og le dijo secretamente al Jefe Ato sobre los extraños que Tor había venido a través durante su incursión en el bosque. Como medida de precaución, el pueblo ahora empezó a mantener cuatro guerreros en guardia todas las noches en el perímetro de la aldea, que había crecido en número y área. Los vigilantes de turno no tenían que cazar por la mañana después de su vuelta, pero fueron recompensados por su trabajo con una parte igual de la caza. Og también sembró la semilla en la mente de Ato que mujeres guerreras podrían ser útiles si los atacantes excedieron en número a los hombres del pueblo.

CAPÍTULO 9
OG REFLEXIONA SOBRE LA MUERTE

"Padre, cuando regresé de mi viaje, dijo que su tiempo estaba llegando a su fin. ¿Por qué?"

«Yo soy viejo. ¿Has visto cualquier persona en cualquier pueblo tan viejo como yo?»

"No recuerdo, pero eso no significa que tienes poco tiempo."

"Pero lo siento. Estoy cansado. Sé que mi final viene muy pronto y debo estar seguro de que tu y tus hijos estén listos para continuar sin mí. No quiero que nadie sea sorprendido o sorprendida. Le voy a decir al jefe Ato que su padre me espera y que voy a estar con los espíritus muy pronto. Pero que yo mismo voy a elegir el día, cualquiera que sea. Hijo, nunca muestres debilidad o falta de control. Eres un sirviente de los dioses, y así debes ser más fuerte que tus seguidores y no eres sujeto a las debilidades qué ellos sufren. Una cosa más: Enséñales bien a tus hijos. Cuando sientes que están listos, envíalos a otros pueblos para continuar nuestro trabajo allí. Los dioses pertenecen a todas las personas, no sólo a nuestra tribu."

"Padre, tú hablas como si realmente crees que los dioses son reales".

"Eso no importa. Sólo es importante que la gente común cree. Nuestra tribu ha hecho bien desde el día en que comenzaron a seguir mis enseñanzas. Nuestros pueblos han prosperado, y por lo tanto nosotros también, tal vez más. ¿Le negarías a tus hijos y los suyos la riqueza y la comodidad que han producido nuestras revelaciones?"

"No. Mi familia y yo hemos vivido bien. Nunca pasamos hambre. Trabajamos duro en lo que hacemos, pero no hasta la extenuación. Somos tan poderosos como el jefe es, tal vez más aún. Disfrutamos de respeto y honor. ¿Qué más pedimos? "

28

"Miedo, mi hijo. Deben mantenerse miedo de lo qué puede pasar si no logran ser fieles, o si alguna vez piensan en volverse contra nosotros."

"Sí, padre, yo sé. Pero sus principales temores son hambre, mal tiempo, las incursiones de otros hombres, enfermedades y ataques de los gatos salvajes o lobos".

"Añádele esto a sus temores. En un sueño, vi a dioses oscuros, en contra o peleando con los que alabamos, tratando de robar la esencia de los muertos y castigarlos por sus fechorías y por no adorarlos".

"¿Ahora hay espíritus malignos?"

"He dado a entender acerca de ellos antes, pero no en detalle. Incluso hemos nombrado algunos de ellos, sin embargo, no hemos destacado su función o importancia para nosotros. ¿No tiene sentido? Hay días soleados y días tormentosos. Hay luz de día y oscuro de noche. Hay buenas plantas que curan y las venenosas que matan. Tenemos buenos y malos. Si todo en nuestro mundo tiene elementos opuestos, entonces los dioses deben también tenerlos."

Tor dijo: "hemos llevado a creer que hay algún tipo de existencia después de la muerte. ¿Por qué no subrayar que una aterradora experiencia los espera si no viven por las reglas que les damos? No les castigaremos directamente, pero la amenaza que no van a estar con sus antepasados o a pie con los espíritus buenos después de la muerte. Los dioses oscuros se los llevan a un lugar que no pueden nunca dejar."

"Buen concepto, hijo. Vamos a tomar unos días para solidificar nuestra historia y pensar en algunos nombres y símbolos de los espíritus de odio. Por ahora, nos preocupan las amenazas reales y no las invisibles. Tenemos guardias durante la noche, pero no hemos referido a los peligros que se pueden presentar durante el día cuando un ataque es más probable. Sabes que nadie, sin importar lo valiente, se atreve retar a los gatos y otros carnívoros que cazan sólo por la noche. Busca una solución para ese problema mientras yo me preocupo de los peligros del mundo de los espíritus, que sabes tan bien como yo son extremadamente improbable. "

"Sí, padre," respondió Tor con una sonrisa. "Entérate del trabajo difícil, mientras yo me encargo de los problemas más fácil".

C A P Í T U L O   1 0
ATU Y KOR

Tor, Ato y dos de sus hijos mayores a veces subían a la colina más alta y analizaban a la distancia de cualquier actividad inusual. Los dos padres decidieron asignar a que sus hijos se turnan como miradores. Los dos muchachos fueron instruidos a no decirle a nadie lo que estaban haciendo ni por qué. Tor había nombrado a su hijo Atu al nacer, similar al nombre de su mejor amigo. Ato devolvió el honor al elegir el nombre de Kor para su primogénito. Sus asignaciones nuevas eran durante el día todos los días porque Og había señalado que ningún guerrero seria lo suficientemente estúpido para estar en el bosque por la noche cuando vigilaban los gatos grandes en busca de alimento. El sacerdote y guerrero asume que los forasteros eran igualmente prudentes. Además, aunque la luna estaba llena, nadie podía ver a lo lejos de todos modos.

Kor le preguntó, "¿encendemos un fuego para advertir si están cerca?"

Atu se rió y dijo, "no lo creo. Si ven humo en el pueblo, los enemigos también lo ven y pueden darse prisa para investigar."

Tor puso una mano sobre la cabeza de su hijo y dijo: "eso es correcto, hijo. Sin fuego, sin humo, sin gritos de advertencia. El que observa debe correr hacia la aldea, tan rápido como puedas y avisarle al jefe, su abuelo Og o cualquiera de nosotros. Si ninguno de nosotros está disponible, despertaren a los guardias de noche y les cuenta. Quien ve algo deberá enviar también un corredor para encontrar la partida de caza. Ustedes dicen ser los corredores más rápidos, así que quien no está en la colina en ese día irá a avisar a los cazadores."

Kor parecía triste y enojado en el camino de la colina. Su mejor amigo se rió de él y le avergonzó delante de su padre. Pensamientos extraños comenzaron a revolver en su cabeza.

Atu no era todavía lo bastante viejo como para tener su propia choza o cueva, y así todavía vivía con su padre. Cuando llegaron a su cueva, Tor habló a su hijo. "¿Notó que Kor estaba triste? Te reíste de lo que dijo. Es hijo del jefe, y algún día incluso podría convertirse en el líder de la tribu. Debes tener más cuidado."

"Pero lo que dijo fue estúpido".

"¡Tranquilo! No dejes que te oiga decir eso. Puede ser muy peligroso para ti y el resto de la familia, especialmente si él llega a ser jefe. Tu abuelo sabe más que nadie en todo el pueblo, y por lo que él nos enseña, podemos ser más inteligentes que las demás personas. Pero eso no significa que somos mejores. Otros pueden hacer algunas cosas que no podemos. ¿No es Kor un corredor más rápido que tú?"

"Sí. Yo no nunca puedo alcanzarlo."

"¿Él se ríe de ti o te insulta?"

"Bueno, no, pero quizás ahora si."

"Y te lo mereces. Sin embargo, sólo porque tu piensas un poco más rápido que él puede, no es porque es estúpido, como siendo más lento corriendo que él no te hace menos de un hombre. ¿Entiendes?"

"Sí, padre. Voy a ser más cuidadoso."

CAPÍTULO 11
SEMILLAS DE CAMBIO
PARA LAS MUJERES

Aparte de la omnipresente preocupación por la posible amenaza de los extranjeros, la vida de la gente de Ato era agradable por el momento. Las incursiones de caza eran abundantes gracias a la creciente habilidad de los cazadores con los arcos y flets. Og alienta comercio con otras tribus, les permitió obtener algunas de las nuevas armas y aconsejó a todos los guerreros a la práctica. La idea del encuentro de Tor con la tribu al parecer avanzada los movió a fomentar y mantener relaciones amistosas y pacíficas con los pueblos periféricos.

Tor y Og tomaron más tiempo para preparar sus crías para asumir sus roles como guías espirituales. Al convertirse más adeptos, visitaban otros pueblos para continuar con el adoctrinamiento iniciado por Og. Lon, hijo mayor del Nia, fue el primero en tomar una posición como líder espiritual en otro pueblo de forma permanente. Og permaneció con él durante dos semanas hasta que estaba seguro de que su nieto ganó respeto. El joven sacerdote demostró ser un maestro en su nueva profesión a pesar de su edad. Tor y Og eran tan orgullosos del trabajo que hizo que enviaron a Nito, el segundo hijo de Tor para ser su aprendiz.

Mientras exploraba con su hijo, Og noto, "no es justo que tu hermana y mis nietas no se pueden aceptar como sirvientes de los dioses."

"Yo sé, padre. Ellas son más inteligentes y más capaz que la mayoría de los hombres en el pueblo. ¿Recuerdas el problema que tuvimos tratando de convencer a los guerreros que sería una buena idea que las mujeres sigan la práctica con arcos"?

"Tengo un trabajo para ti. No sobreviviré a esta generación, pero probablemente tú serás. Busca una manera de enseñar a futuros hijos que las mujeres merecen más respeto y la libertad de tomar decisiones".

"Es una tarea difícil, pero haré mi mejor esfuerzo. Podemos empezar con nuestros propios hijos. Por cierto, algunos de los clanes fuera de nuestro pueblo consisten en sólo unos pocos miembros de una familia. El hombre más viejo del grupo generalmente hace cargo pero no es realmente un jefe. Ellos también necesitan orientación espiritual. Tengo una idea. ¿Por qué no enviar un aprendiz visitador a instruirlos en sus necesidades religiosas"?

Og dijo: "envía dos, tu hijo Nito y tu hija Lia, pero sólo por unas horas al día y a una diferente familia o clan varias veces a la semana. Asegúrate de que al menos dos guerreros los acompañen cada vez que viajan. Esto sirve dos propósitos: los clanes obtendrán una educación espiritual, y la noción de mujeres como sacerdotes tiene un comienzo. "

C A P Í T U L O 1 2
VENGANZA

Atu notó que Kor no hablaba con él mucho más. Él asumió que Kor estaba todavía molesto porque se rio de él, pero también creía que su amigo finalmente conseguiría la razón leve, y serían amigos otra vez.

Pasaron algunos días, y en un día que era turno de Atu en la colina, oyó un susurro de hojas y se volvió hacia el sonido. Cuando viro, una piedra lo golpeo en la cabeza y cayó al suelo. Cuando recuperó sus sentidos a los pocos minutos, notó sangre en la frente. También estaba seguro que Kor había lanzado la roca a pesar de que él no había visto. La lesión no fue lo suficientemente grave como para abandonar su puesto, y esperó hasta la puesta del sol para regresar a casa y tener una charla con su padre.

Cuando terminó la tarea de su día, Atu apresurado regreso a su hogar. Su madre limpio la laceración y aplico plantas medicinales para ayudar a sanar. La lesión no sorprendió a la madre del niño. La gente del pueblo vivía vidas peligrosas y sufrían muchos percances de caídas, ataques de animales salvajes y hasta peleas entre ellos mismos.

Cuando Tor volvió de su día administrando sus oficios, preguntó a su hijo. "Sabes que Kor hizo esto, pero no lo viste".

"Sí. Estaba de frente, cuando escuché el enfoque. Pensé era un depredador y alcancé para mi lanza. La roca me golpeó, mientras vire para ver lo que era. Los animales no arrojan piedras y Kor es el único que puede tener una razón para herirme".

"Estoy de acuerdo, pero no podemos acusarlo si nadie lo vio hacerlo. Hablare con el jefe Ato pero no voy a decir que sabemos quién lo hizo. Descansa mañana y no hagas nada que pueda empeorar la situación. Mantiene en alerta en todo momento. Kor es muy hábil con lanzas y arcos".

"Las piedras también parece."

Después de la cena, Tor se reunió con Ato para repasar los acontecimientos del día. Le dijo a su amigo del ataque a Atu mientras que subía en la colina, agregando que él no vio quién tiró la piedra.

¿"Podría haber sido los forasteros que lo siguieron en rumbo a su posición? ¿Y si fuese el enemigo cerca de la aldea, entonces podría suceder de nuevo?

"Es poco probable que es la gente que esperamos. No hubiera dejado alguna señal que estaban cerca y hubieran vuelto a conseguir a más guerreros. Además, ellos no utilizarían una roca."

"Tor, mañana cuando nos dirigimos hacia fuera para la caza, voy a dejar el grupo, y avanzare hacia la colina cerca de los puestos de los muchachos. Sabes que yo soy el acosador más silencioso, y nadie me puede ver ocultado. Si el lanzador de la roca aparece arriba otra vez, yo me encargo de él. No le voy a decir nada a Kor, para que él no se ponga aprensivo. Voy a continuar el plan por unos días, por si acaso".

"Buen plan, jefe, pero mejor es capturarlo vivo para que podemos descubrir por qué, y si hay otros como él en el pueblo." Tor sabía que no había nadie, pero no quería que Ato reaccionara demasiado rápidamente y hacerle daño a su propio hijo.

Obviamente, no hubo ningún ataque al día siguiente. Cuando llegó el turno de Atu el próximo día, Ato siguió el plan que los dos amigos mayores habían elaborado. Ese día, Ato y Kor aprenderían que a veces los planes no siempre cumplen con los deseos o expectativos de los cabalistas.

Kor estaba más enfurecido después de que su estrategia inicial había fracasado. No quería realmente matar a Atu, pero quería hacerlo incapaz de trabajar durante un tiempo y perder su posición. El trabajo entonces pertenecería a él solamente, y si veía el enemigo primero, él sería recibido como un héroe.

Kor dejó el pueblo al amanecer pronto después de que su padre dejó a los cazadores. Esta vez tomó su lanza, arco y flets. No estaba seguro si Atu ya estaba en camino, pero no importaba. Él todavía podría sorprenderlo en la parte superior de la colina o en el camino. Kor estaba tan emocionado en su búsqueda que no vio los ojos amarillos brillantes de la leona hambrienta que lo seguía en la cuesta hacia arriba.

ATU estaba casi en la cima de la colina cuando sintió que algo o alguien estaba detrás de él. Tomo la cubierta detrás de un árbol grande y preparó su arco para disparar. Entonces oyó el rugido de un león y espió a Kor corriendo la colina de la sierra. Kor era rápido, pero los gatos eran más rápidos, no había manera que iba a ganar esta carrera. Kor en su rapidez, tropezó con la raíz de un árbol. Atu salió de su escondite en el momento y halo hacia atrás la cuerda de su arco. Su objetivo era cierto pero no fue suficiente para detener el ataque. La flet quedo Atascada en el lado de la bestia, pero no fue un golpe fatal.

El gato ignoró la herida como un hombre en una prisa ignoraría un dedo del pie golpeado, y continuó hacia su presa todavía en el suelo. Atu no tenía tiempo de volver a utilizar el arco. Cogió su lanza y se apresuró a interceptar la fiera atacante. En ese momento, Ato entró en escena, pero estaba todavía demasiado lejos para lanzar una lanza y no tenía tiempo suficiente para un flet de la muesca. Ojos claros y experiencia de ser cazador tuvo en toda la escena en una sola mirada. Serían muerto pronto Atu, su hijo o ambos, y lo único que podía esperar era venganza matando el carnívoro después.

Atu confronto la leona directamente de frente. El gato saltó y Atu le hizo frente con su lanza en el pecho. La lanza quebró en contacto, y la leona, aunque casi muerta aún, enterró sus mandíbulas instintivamente en el hombro del muchacho. Ni el niño ni la bestia encima se movieron.

C A P Í T U L O   1 3
LAMENTA

Ato levantó el cadáver del animal fuera del muchacho en que su propio hijo se levantó y lloro por primera vez desde que era un niño.

"Deja de llorar y ven a ayudar. ¿Qué estás haciendo aquí? No es tu día. Creo que tenemos mucho de qué hablar más adelante. Trae algunas hojas limpias — él está sangrando gravemente. "

Ato trabajó febrilmente para detener el sangrado y envió a su hijo a obtener la ayuda de la aldea. Kor corrió más rápido que él alguna vez había funcionado antes. Sus gritos frenéticos inspiraron a los hombres a moverse rápidamente. Cuando llegaron los equipos de respuesta, dos hombres llevaron al aún inconsciente Atu a su casa. Ato ordeno también a otros dos hombres que recogieran la leona muerta y la llevaran hasta el pueblo. Fue la primera matanza de un león a manos de Atu. El cráneo, piel y honor sería suyo — si vivía.

Otro corredor fue a buscar el partido de la caza y darle a Tor las noticias acerca de su hijo. Aunque sólo habían atrapado un venado pequeño, decidieron abandonar la caza y acompañar al padre afligido a las cuevas. Habría poco de comer esa noche, pero no habría mucho apetito tampoco.

Después que Atu fue tratado, los dos amigos de toda la vida, asegurados que él iba a sobrevivir, tomaron un paseo por el pueblo.

Ato habló primero. '¿Sabías que era Kor?'

"No. Sospechaba, pero no sabía por cierto".

"¿Es por eso porque me advertiste no debe matar primero?"

-Sí. No quería que haya un segundo error trágico".

"Gracias, mi amigo. Ahora, ¿cómo manejamos esto? Tú estás cerca de ser líder espiritual de la tribu, y soy el jefe. Sin embargo, nuestros hijos… no, mi hijo odia al tuyo."

"Puede que no sea verdadero ya. Eran mejores amigos hasta que mi chico se rió de Kor. Por cierto, le llame la atención, y se dio cuenta que cometió un error."

"Recuerdo bien. Le dije a Kor no era razón de preocuparse, pero veo que no le convence suficientemente."

Tor añadió, "Creo que seguramente los dos niños aprendieron una lección y espero que el deseo de venganza en Kor está totalmente satisfecho".

Ato dijo: "Satisfecho o no, después de hacer el mismo trabajo aburrido todos los días, ahora verá que no es tan deseable querer como tener."

"Lo sé, amigo. Pero todavía, él es su hijo, y no es razonable castigarlo para siempre. Otro muchacho necesita ser entrenado cuando sientas que Kor ha sufrido suficiente".

"Tor, cada vez que miro, Og tiene otro nietos o nietas. Escoge uno de ellos".

"Buena idea, jefe".

C A P Í T U L O 1 4
MINA

Atu estuvo de cama durante unas semanas mientras se sanaba de la mordedura feroz. Durante ese tiempo, Kor cumplió el deber como mirador todos los días. La monotonía resulto en hacer el trabajo doblemente aburrido. Tampoco era tan honorable como él pensó que sería. Sin embargo, quedo alegre que la verdad no era generalmente conocida. Nadie fuera de Ato, Tor, los dos muchachos y Og eran consciente de la secuencia de eventos y el hecho de que Kor había herido previamente a Atu.

Kor también le hizo visita a Atu cada día después de sus deberes en la colina. Él pidió perdón y prometió que Atu sería su amigo para toda la vida, pase lo que pase.

Atu se recuperó, pero la lesión lo mantendría de siempre inútil usando un arco. El arma necesita dos buenos brazos para funcionar correctamente. Él todavía podría tirar una lanza, por lo que no se quedo totalmente indefenso. Además, su futuro destino era como un sacerdote o guía de los espíritus, y no habría ninguna necesidad de armas que no sean de su ingenio para ese trabajo.

Después de un mes de la monotonía cotidiana como mirador de la colina, Kor conoció su nuevo ayudante. A la sorpresa de Kor, el nuevo recluta era Mina, hermana menor de Atu. Era aguda y práctica con el arco. Kor no importaba que tuviera que compartir su trabajo con una chica. Sabía que era tarea importante y no le importaba trabajar todos los días, pero estaba harto de la monotonía de día tras día. Mina también tuvo el honor distintivo de haber sido la miembro más joven de la tribu que sola mató un tigre diente-de-sable.

"Abuelo", había preguntado Mina, en una edad más joven, "¿Si dices que yo debo ser tratada como mis hermanos y otros niños son, por qué no puedo aprender a cazar o tirar una lanza?"

"Probablemente porque nunca pensé que podría estar interesada. Siento ser ignorante por no preguntar. Le voy a pedir a Po, nuestro mejor cazador para que empiece tu entrenamiento. Su padre es tan experto como Po, pero sus sensaciones personales pueden interferir con su entusiasmo o métodos de enseñanza".

"No sólo con el arco, flets y lanza. Quiero practicar con el hacha de batalla también."

"Niña, eso dependerá de lo que tu mentor cree que eres capaz."

"¡Ha!, te sorprenderías de lo que puedo hacer."

"Pero Mina, se espera que también continúes tus estudios en la empresa familiar. El objetivo principal de nuestra familia es hablar para los espíritus y mostrar a los aldeanos la mejor vida que ofrecemos."

"Sí abuelo, pero me gustaría que fuera un trabajo que sólo los muchachos tenían que hacer."

"Pronto aprenderás que, en determinadas situaciones, palabras son más poderosas que lanzas o hachas."

Po no podía negar los deseos del sumo sacerdote y el miembro más viejo de la tribu. Al día siguiente él y Mina fueron a un claro fuera de la Villa. Po no quería que lo vieran entrenando a una chica, especialmente una tan joven como Mina. Encontró que la muchacha era una estudiante con aptitud. Mostró indicios de crudo, pero habilidades innatas. Empezaron con la lanza. Po creía que las lanzas más delgadas y cortas lanzadas con la ayuda de un atlatl sería el arma perfecta para ella. En cuestión de unos días estaba en blanco más a menudo que no. Mientras que ella no podría lanzar con la fuerza de los hombres crecidos, fue lo suficiente y lo suficientemente rápida para ser tan eficaz. La lanza de empuje era más pesada, pero para ser verdaderamente útil el portador tenía que estar más cerca de la meta o presas, lo que es más peligroso. El hacha necesaria aún más en contacto con un enemigo y requiere más fuerza para ser útil en un encuentro real. Práctica ayudaría a desarrollar la fuerza muscular, pero Po sugirió que sería mejor esperar hasta que creciera un poco más antes de confiar en el hacha. Los arcos y flets eran otro asunto. Todo lo que necesitaba era suficiente fuerza para tirar hacia atrás la cadena y tener buen ojo para apuntar. Con suficiente práctica, esta arma en sus manos podría ser tan letal como en las manos de cualquier macho, independientemente de su tamaño. Ella tenía una inexplicable predilección por el hacha, pero entendió la preocupación de su mentor sobre sus limitaciones físicas en el manejo del arma. Mientras Mina practicaba más con los arcos y flets lo más que aprecio esa arma como su favorita. Su segunda opción era la jabalina para tirar. Las mejores armas son las que matan a distancia, manteniendo el usuario más seguro. Continuó con el estoque lanza y el hacha porque un guerrero tiene que mantener habilidad con todas armas en reserva.

En los días que no podía ejercer, Mina, disfrutó de aventurarse en el bosque corriendo libre y explorando a pesar de las advertencias de sus padres que no entrara en el bosque sola. Ella era valiente pero nunca se había enfrentado con un lobo o cualquier otra criatura peligrosa cuando sola.

Mientras retozaba, sin preocupaciones en el bosque, un gruñido bajo levanto sus sentidos a toda la atención. El corazón de la joven latió más rápido pero no por miedo. Esta fue la primera vez que ella había sentido el flujo completo de adrenalina en su cuerpo. Se sintió fuerte, pero sin armas, ninguna cantidad de fuerza podría derrotar el tigre sable a yardas de distancia. Mina pensó rápidamente, la defensa que encontró solamente fueron las rocas de diferentes tamaños que cubrían el suelo a su alrededor. Ella había lanzado rocas en otras ocasiones para derribar a fruta alta en los árboles, pero nunca a algo que podría matarla y comérsela con poco esfuerzo. Recogió dos que cabían fácilmente en sus manos y lanzó una al gato. La primera piedra no conecto, pero la otra golpeó a la bestia en la cabeza, pero no lo suficientemente fuerte como para hacerle daño. Ella colecto más y lanzo todas las que pudo en sucesión. Sus éxitos molestaban más que lastimaran hasta que una pulsó el tigre en un ojo y sacó sangre. Después de unos golpes más el gato se volvió y desapareció en la maleza. Mina recogió dos piedras más, dio vuelta y corrió hacia la aldea lo más rápido que ella había funcionado antes. En el camino juró que jamás dejaría el pueblo sin armas.

Cuando su maestro oyó la historia, él primero la reprendió por desobedecer a sus padres, segundo por aventurarse sola y la tercera por no llevar al menos una lanza al explorar. Al reanudar las lecciones, Po dijo que "no es sólo necesario alcanzar el objetivo, pero para golpear en el lugar correcto. Incluso si su flet entra en el pecho, quizás no podría parar el animal y todavía podría tomar represalias y matarte incluso mientras en el proceso de morir. No puede hacerte daño cuando muertos, pero puede definitivamente en el camino a la muerte. ¿Entiendes?"

"Sí, Po. Mi flet debe detener el corazón. Incluso si paralizan una pierna, todavía puede llegar a mí."

"Cierto, Mina. Es también más difícil golpear un objetivo móvil, por eso debes ser lo suficientemente ágil para muescar flets una tras otra tan rápidamente como usted puede en caso de que el primero de ellos sólo causa herida o peor aún, enfada. "

El comentario de Po acerca de golpear un blanco móvil puso a Mina a pensar en cómo ella podría ganar la habilidad para golpear blancos móviles tan fácilmente como los estacionarios. Después, reflexionando sobre la pregunta por un poco tiempo, le llego una idea. Construyo un paquete de hierba, hojas y ramitas atadas con las vides, y utilizando una cuerda hecha de hierbas trenzadas, lo colgó en un bajo colgante rama de árbol. Entonces la empujó para hacer pivotar hacia adelante y hacia atrás y corriendo a poca distancia, la joven cazadora tiro flet tras de flet y disparó mientras el destino giraba hacia adelante y hacia atrás. Al principio falló cada vez. Sin inmutarse, ella practico día tras día hasta que ella descubrió que el flet había que orientarse, no donde el objetivo este, pero donde va a estar un segundo o dos más tarde. Su alegría era prácticamente inconmensurable después que su primera flet quedo acertada en el blanco móvil. Precisión y tasa de éxitos de Mina aumentaron con cada día de práctica.

La futura guerrera no había aún mostrado a Po su invención de objetivo móvil. Ella quería esperar a que ella hubiera adquirido suficiente destreza para una demostración significativa. Mina escogió un buen día soleado para mostrar a su mentor lo que había logrado. Ella monto el objetivo en la rama, se alejó unos 20 pasos y pidió a Po que empujara el paquete a moverse como un péndulo. Su primer flet golpeo el paquete cuando alcanzó su punto alto a la izquierda y otra vez en la subida a la derecha. Po quedo impresionado. Descubrió que no era tan fácil como ella lo hizo cuando él intentó golpear a los objetivos en movimiento. Él había golpeado objetivos móviles antes, pero sobre todo cuando el objetivo iba directamente hacia él o en línea recta, como un guerrero enemigo o presa de carga. Por breve momento, Mina se convirtió en el mentor y Po el estudiante cuando ella corrigió sus intentos fallidos.

Más tarde ese día Po se reunió con Tor, padre de Mina, para cantar las alabanzas del progreso de su hija y su creciente habilidad. Po también describió el blanco móvil que Mina había ideado y sugirió que todos los guerreros practiquen en objetivos similares. Tor dijo que iba hablar con el jefe y explicar los beneficios de mejorar las habilidades de los cazadores.

Tontamente, según sus padres, sino con valentía, según su propia percepción, Mina continuó comprometerse a través de los bosques, a veces con un amigo, pero más a menudo sola. En una aventura solitaria, oyó otra vez un gruñido feroz, procedentes de un cercano bosquecillo de árboles. Cada uno de sus sentidos se puso inmediatamente en el estado de alerta. Ella plantó su lanza en el suelo junto a ella, preparo su arco y monto un flet en la muesca. La franja de hierba alta que rodean los árboles lentamente separó y vio la nariz negra, los colmillos de 6 pulgadas y los brillantes ojos amarillos de un tigre diente de sable. Ella tomó un profundo aliento para calmar sus nervios, planto sus pies firmemente y preparo para la batalla. El tigre comenzó a moverse lentamente hacia Mina. La chica con nervios de acero notó que la bestia cuidadosamente reorganizo las patas traseras directamente debajo de sus muslos a cada paso midiendo distancia y prepararse para un salto.

Mina no podía permitir que el gato se acercara lo suficiente para que pueda dar el salto. Ella halo la cadena y dejo volar su flet. El misil pulsó sobre el hombro derecho, un golpe sólido, pero no suficiente para incapacitar. Mina había preparado otro misil cuando la bestia tomó unos pasos dolorosos para continuar su ataque. El segundo tiro golpeó mediados de pecho, pero su impulso no lento. En una acción singular, Mina soslayo, agarró su lanza y, cuando la bestia aterrizó en el suelo justo al lado de ella, la niña precipitó la jabalina por encima del hombro izquierdo del animal. Mina se mudó en caso de que al gato le quedaba vida suficiente para golpearla con garras o colmillos. Mina sostuvo su aliento, lista para actuar si la bestia se movía. No fue así. Ella se acercó, todavía con recelo y notó una lesión vieja sobre el ojo izquierdo del tigre. Fue el mismo diente-largo que la había amenazado antes. Este depredador no iba a amenazar a nadie jamás. El cadáver era demasiado grande para ella llevar o incluso arrastrar hacia la aldea. Ella no quería dejarlo disponible para los carroñeros, pero en este caso, no tenía otra opción. La eufórica, y ahora cazadora completamente cualificada, corrió hacia la aldea para buscar ayuda para recoger su captura inicial. Su padre no se había unido a los cazadores del pueblo ese día y acababa de conferir con el Jefe Ato sobre las defensas de la aldea. Mina estaba feliz de verlo cuando llegaron a su cueva casi al mismo tiempo.

"Padre, ves que no estoy lastimada, así que por favor no me reprendas sabiendo que nada terrible me ha pasado."

"¿De qué estás hablando, Mina?"

"Encontré un diente de sable y lo maté".

"¿Qué?"

"Me encontré con…"

"Escuché lo que dijiste, niña. Me alegro de que estás bien; simplemente no puedo creer que mi hijita pudo matar un tigre antes que muchos niños mayores y cazadores adultos."

"Bueno, algunos no han tenido la oportunidad aún. Pero, padre, tuve que dejarlo afuera al aire libre. Necesito ayuda para volver a recoger la cabeza y la piel."

"Espera aquí, Po estaba en la reunión también. Lo voy a buscar, pero él no lo creerá tampoco". No solo Po, peroTor, el jefe y varios otros que estaban en las proximidades y oyeron la increíble historia se unieron al partido de recuperación. Cuando padre y mentor vieron lo que Mina había logrado se llenaron con orgullo. Los hombres hicieron el trabajo de cortar la cabeza y desollar el animal donde mismo lo encontraron. Comían carne de gato sólo cuando no había nada más disponible y dejaron el cadáver para los carroñeros. Su madre y algunas otras mujeres prepararon la piel para que Mina tuviera un abrigo nuevo. También hicieron un collar de los dos colmillos para la victoriosa niña. Mina monto lo que quedaba del cráneo cerca de su cama como trofeo.

Su familia tenía otro miembro ejemplar. Su abuelo era sumo sacerdote y el hombre más viejo que nadie había visto. Su padre era un gran cazador-guerrero y había proporcionado el primer arco y flets al pueblo. Ahora Mina era el miembro más joven de la tribu al enfrentar y tomar un tigre diente-de-sable y sin ayuda.

La joven cazadora nunca había tenido un problema con los matones del pueblo debido a su actitud dominante pero ahora ella podría extender su aura de desafío y la confianza para detener la intimidación o acoso de cualquier desafortunado que se consideraba "no pertenecer" o diferente a otros, y por lo tanto un objetivo para el abuso. Ella hizo un punto para hacerse amigo de todos, especialmente los que se sentían fuera de "normal" debido a una discapacidad o cualquier otra real o imaginada diferencia.

Por primera vez en la memoria tribal, una hembra podía unirse a los cazadores. Ella no entró en incursiones de caza sobre una base diaria porque todavía tenía el deber de observadora en la colina en días alternos. Mina también era una niña y tenía otras cosas que aprender. Su padre y su abuelo querían que todos los niños de la familia estudiaran los nombres, funciones e historia de cada espíritu que los dos sumos sacerdotes pretendían representar. Se esperaba que muchos de los niños algún día fueran sacerdotes en sus pueblos propios. Durante una de las discusiones e indoctrinaciones espirituales con su padre y su hermano, Mina dijo: "Siempre hablamos de espíritus y dioses masculinos, y Alu es el padre de la mayoría de ellos. Sé que la gente viene de bebés de madres. ¿No necesitan los bebes de los dioses madres también?"

"Sí Mina", dijo Tor, "seguro que es así, pero es un tema que nunca se nos ocurrió. Parece que necesitamos un punto de vista femenino para ver lo que falla en nuestras historias. Vamos a arreglar ese problema. La pareja de Alu necesita un nombre primero. Mina, ¿tienes alguna sugerencia?"

"Ella tiene que ser fuerte y a cargo de algo importante en nuestro mundo. Le daremos control sobre los árboles, plantas, flores y todo lo que crece en la tierra".

"Muy bueno hermanita." Dijo Atu. "¿Qué tal un nombre?"

"Gia!" dijo Mina, "su nombre es Gia. Y su símbolo es el árbol de hoja perenne ya que sobrevive incluso en los días más fríos."

"Y tú, mi querida hija será conocida como altavoz de Gia, la diosa de la tierra, así como matadora de tigres". Tor dijo.

La recién nombrada sacerdotisa sonrió ampliamente al oír las palabras alentadoras de su padre. Aunque Mina prefiere la caza y portando armas, todavía instintivamente entendió que el legado familiar era el sistema espiritual y las obligaciones que permiten a disfrutar de una rica vida emocionante. No hay otro joven en el pueblo, fuera de su familia, que tenía lo que ella tenía, incluyendo un mentor de caza privado que no era padre, hermano o tío.

Después de tomar el trabajo de vigilar en la colina por su hermano lesionado, Mina pareció aburrida a veces, pero el puesto solitario le dio gran cantidad de tiempo a solas para practicar con la pesada hacha de batalla. Ella descubrió que se podía usar como una buena arma de lanzamiento en combate. Ella hizo todo lo posible a la práctica con todas las herramientas de caza y combate en su arsenal. La práctica implacable ya la había salvado en una lucha de vida o muerte con un depredador. La continuación de práctica le vendría bien en una batallareal con oponentes mucho mas retorcidos y peligrosos no mas demasiado en el futuro.

Gran parte de su pensamiento mientras estaba despierta y no ocupada giraba en torno al plan del mastodonte. Finalmente, una idea floreció. Fue oradora de Gia. ¿Por qué no dejar que su diosa imaginaria ella misma ayuda?

En uno de sus días libres de servicio en la colina, Mina pidió que se le permitiera unirse a la próxima partida de caza de mastodones. Cuando su padre le preguntó por qué, ella simplemente dijo que quería ver cómo se hacía. Prometió no acercarse demasiado ni interferir con los otros cazadores.

El método preferido era aislar a un animal de la manada y arrojar tantas lanzas como fueran necesarias para derribarlo, y luego los cazadores usaban lanzas de empuje para matarlo. Otra táctica era lanzar la manada en estampida hacia un acantilado donde muchos caerían a la muerte. Fue eficaz pero derrochador. Se sacrificaron innecesariamente más animales de los necesarios.

Mina observó desde una distancia segura, como había prometido, mientras tres cazadores se acercaban a la manada. Otros siete se quedaron atrás. Los tres hombres principales seleccionaron su objetivo y se acercaron lo suficiente como para lanzar lanzas o flechas. Los misiles no eran suficientes para matar, sino que tenían la intención de enfurecer a la bestia para que persiguiera a los hombres.

Por diseño, el que seleccionaron no estaba cerca de la manada. Sólo querían enojar a uno, no a toda la manada. Como estaba previsto, el toro enojado fue tras la fuente del dolor. Dos partes tuvieron que encajar. Los hombres tenían que asegurarse de que la bestia estuviera lo suficientemente cerca para continuar la persecución, pero no lo suficiente como para atraparlos. Cuando estaban cerca de los otros siete compañeros, todos atacaron a la ahora fatigada presa con ráfagas de lanzas y flets.

Mina miró con interés. Ahora sabía cómo aislar un animal del grupo. También tenía una buena idea de hasta dónde tenía que adelantarse. Llevarlo a una posición vulnerable era el dilema. Ahí es donde la madre tierra espiritual echa una mano.

El día elegido para su aventura, Mina empacó flotadores, lanzas y una herramienta de excavación que su gente usaba para hacer agujeros en el suelo. Salió al amanecer y se dirigió a la zona que frecuentaban los mastodontes. Al avistarlos y medir una distancia similar a la utilizada en la cacería anterior, cavó una zanja aproximadamente del ancho de su brazo, tan larga como la altura de un hombre y tan profunda como sus rodillas. Luego colocó cuatro lanzas en una posición inclinada debajo de la parte superior de la trinchera. El último paso fue tapar la abertura con ramas y hojas. Descansó de cavar mientras observaba las actividades de la manada y prestaba mucha atención cuando un animal se alejaba de la manada. Por pura suerte, el que se separó lo hizo en dirección a ella. Bien descansada y ansiosa por una verdadera emoción, se dirigió hacia su objetivo. Cuando estuvo lo suficientemente cerca, comenzó a gritar y agitar los brazos tratando de llamar su atención. Ignoró sus intentos. Su primera mosca llamó la atención, pero fue más una picadura de mosquito que una herida. El segundo golpeó un punto más sensible pero la siguiente lanza realmente dolió. La majestuosa bestia se alzó sobre sus patas traseras, bramó de ira y cargó. Mina corrió, mirando hacia atrás asegurándose de que todavía se acercaba pero sin acercarse demasiado. Mina saltó sobre la trinchera con el animal a pocos metros detrás. Para su consternación, el plan no funcionó. El Mastodonte falló por completo la trampa y todavía estaba cargando. La chica que huía dio un giro brusco y regresó por donde venía. El toro no era tan ágil y al intentar el mismo giro brusco se rompió la pata delantera derecha. Cayó con fuerza provocando más heridos. Se agitó intentando levantarse dejando su parte inferior expuesta, Mina, sin tanta reverencia, agradeció a su diosa protectora y se apresuró a sacar al gigante de su miseria.

Fue un largo viaje de regreso al pueblo y tuve tiempo de planear algo inusual. Llegó a la cueva de sus padres donde su madre le preguntó por qué estaba tan sucia.

"Estaba tratando de atrapar a un mastodonte, o mejor dicho, estaba tratando de atraparme a mí".

"Mina, ¿qué voy a hacer contigo?"

"Bueno, si insistes, puedes hacer algo conmigo ahora. Hay una enorme cantidad de carne que hay que llevar a casa. El yo siempre tiene la gloria de mantener a la tribu. ¿Por qué las mujeres no pueden hacerlo hoy para variar?

"Creo que sé lo que quieres decir: ¿Cuántas mujeres necesitaremos?"

"La mayoría de ellos, madre".

Dos horas más tarde, una caravana de mujeres abandonó el pueblo después de que Mina le dijera a su padre que tenía una sorpresa para él, pero que necesitaba a las mujeres y que, por favor, se asegurara de que los hombres permanecieran en el campamento mientras ellos no estaban. Tor tenía una gran confianza en Mina pero aún más en su compañera, Tia. También había renunciado a dejarse sorprender por las travesuras de su hija; sospechaba profundamente que aquella era otra de sus singulares y peligrosas aventuras.

De camino a cobrar la recompensa, Mina detalló lo que había ocurrido. No habría necesidad de volver a contar la historia durante la cena y celebración de la aldea, ya que todos los hombres habrían escuchado la historia de boca de sus compañeras, hermanas, madres, tías, sobrinas y otras amigas y parientes femeninas.

Mucho más tarde regresó el grupo de mujeres, cargadas con suficiente carne para muchos días. Duraría más ahora que comenzaba la estación fría.

Og y Tor estaban preocupados. Mina estuvo excepcional pero se arriesgó demasiado. Necesitarían hablar con ella. Al día siguiente, los tres dieron un paseo tranquilo para conversar entre padre, hija y abuelo.

Mina habló primero: "Sé de qué se trata esto. Soy imprudente y algún día pagaré por eso. Solo debes saber que planifiqué cada paso de la caza y, aunque no cayó en mi trampa, la caza fue un éxito".

Tor siguió con: "Puede que no tengas tanta suerte la próxima vez y siempre es mejor tener un compañero en caso de que algo salga mal".

"Sí, padre, pero ¿no emprendiste solo un largo viaje a ninguna parte en particular?"

Og interrumpió: "Ella te tiene allí, hijo".

"¿De qué lado estás, padre?"

"Ninguno de los dos, pero puedo señalar errores en ambos lados de la discusión".

Mina continuó: "Está bien, admito que cuando no cayó en la trinchera que preparé, supe que había cometido un error. No le dije a nadie que había cometido un error o que estaba mal ir solo. Y, por cierto, el plan de la zanja funcionará si se hace un poco más ancho y más largo. Lo arreglé un poco diciéndoles a todas las mujeres que Gia vio mi situación y provocó que la raíz de un árbol hiciera tropezar a mi perseguidor, salvándome la vida".

Los dos hombres no pudieron evitar reírse. Había aprendido bien la lección.

"Prometo que no correré más riesgos imprudentes solo... después de tener mi primer oso de las cavernas".

Ahora era su turno de reír.

CAPÍTULO 15
EL FINAL DE OG

Og llegó a ser menos activo en asuntos tribales mientras Tor asumió el control de la mayor parte de las funciones espirituales del pueblo. Además, Atu cada vez más se convirtió en un participante destacado en los ritos y rituales. Otros nietos de Og siguieron su ejemplo. Cinco aldeas tenia sacerdotes permanentes de la familia de Og, y otros miembros de la familia visitaban pueblos sobre una base regular. La función principal del patriarca era sostener reuniones con sus descendientes cada luna llena para escuchar acerca de sus actividades y a veces ofrecer consejos. En una tal reunión, el frágil anciano anunció a su familia que sería su última audiencia; no estaría aquí cuando la luna llena venga otra vez. El clan de Og no se sentía ni triste ni decepcionado. Entendían que toda vida llega a su fin debido a accidente, guerra, enfermedad, o, en caso de Og, de la edad. Og había hecho todo lo que tenía que hacer, y ya era tiempo de seguir adelante. A pesar de las enseñanzas espirituales que impusieron sobre los pueblos, nunca fueron cierto de que lo que viene después de que uno toma ese último aliento. Realizaban, que no había ninguna manera de saber. Nadie había regresado para explicar después de muerto. La muerte era un hecho natural, inevitable y permanente.

Ofrecieron sus despedidas y agradecimiento al anciano por todo lo que había hecho por ellos, y luego siguieron con sus vidas.

Tres días más tarde, Og convocó a Tor, Nito, Atu, Nia, Lon u la niña Mina. Él dijo: "Caminen conmigo una última vez, mis hijos."

Él ya había seleccionado donde quería pasar sus últimos días. Era en una montaña cercana pero donde los pobladores no visitaban porque no había ningunas cuevas y ninguna muestra de agua o animales para cazar.

"La primera solicitud es que usted cuide de Su. Ella no le queda mucho tiempo tampoco, pero ella no está lista para despedirse todavía. Entiérrenla donde me dejan hoy; No voy a estar lejos. Han sido excelentes estudiantes y mejores hijos, hijas y nietos. Nadie podría estar más orgulloso. Continúen con su trabajo y asegúrense de que sus hijos continúen enseñándole a sus hijos y nietos. Tor, no sé si los extranjeros de que nos preocupamos nos van hacer daño o ayudarnos. Cualquier destino que le espera a nuestra gente, hagan todo lo que puedan para mantener nuestra cultura y creencias. Puede que los extranjeros necesiten una introducción a nuestros dioses. Tienen que convencerlos, no importa cuánto tiempo se tardan, que nuestros espíritus son mejores que los de ellos, si tienen algunos. Ojalá que tuviera más tiempo delante de mí que detrás para que pudiera participar en todo lo que sucede cuando las dos gentes se reúnen finalmente."

Llegaron a la ladera de una montaña árida y buscó un lugar con sombra para pasar unos momentos agradables juntos.

"Aquí es donde me quedaré para siempre. Ayúdame a cavar una tumba. No tendrá que cubrirme, los elementos se encargarán de eso en el tiempo." Colocaron algunas de sus posesiones favoritas en la tumba y habló de asuntos de familia y el futuro de sus tribus.

En los últimos años, veranos eran más cortos y los inviernos eran notablemente más fríos. Consideren si fuera mejor seguir más al sur, donde quizás el tiempo es más agradable. Tor le preguntó al anciano si debe ir nuevamente en busca de los recién llegados. "Sí," dijo Og. "No vayas solo; Lleva a Lon contigo. Es un gran acosador y cazador. Deja Atu a cargo de nuestros deberes sacerdotales; su brazo lesionado le causa dificultad cazando y posibles enfrentamientos con los otros."

"¿Nosotros debemos saludarlos si los encontramos?"

"Todavía no. Mantengan su distancia y continúen estudiando sus formas. Si parecen estar dirigiéndose en la dirección de la aldea, reúnen más guerreros, pero mantenlos escondidos hasta que los visitantes te descubren y tu partido mucho más pequeño. Juzgar sus intenciones. Si es hostil, da la señal a los guerreros ocultos. No deje que ninguno escape. De lo contrario, pueden volver con una fuerza que encontraría difícil de contrarrestar. Mantenga al menos uno vivo para que puedas aprender más sobre ellos. Es preferible que el preso es un joven que es menos inteligente y más manejable".

"Haré como dices. Es una pena que no puedes unirse con nosotros en esta aventura. No conozco realmente estas personas, pero tengo una corazonada que les gustaría y apreciarían tu sabiduría."

"He tenido mi parte de aventuras. No estabas alrededor para obtener beneficio de ellas. Es lógico que yo no esté para interferir con el suyo. Han absorbido lo suficiente de mi sabiduría y desarrollado su propio. Tendrán que contentarse con lo que les ofreces."

"Gracias por tu orientación. Es tiempo de ir, padre. Que usted encuentre lo que usted espera."

"Realmente no espero nada, pero sea lo que sea será una vista bienvenida. Vayan ahora, antes de que los animales comiencen su caza de noche".

Después de hablar las últimas palabras que iba a decirle a otros seres vivientes, Og contemplo a sus hijos salir y se sentó en el borde de su recién cavado sepulcro para esperar en silencio la siguiente fase del ciclo de existencia, si había alguno.

Con la familia salida, Og tenía la soledad que a menudo tanto ansiaba no solo para descansar sino también contemplar en lo que había hecho. No era siempre a regocijarse. Estaba sin duda alegre que había proporcionado bien para su familia y del método que le presento para continuar en la prosperidad, pero no estaba demasiado seguro que si lo que había hecho a o para, otras personas le serviría de beneficio. Él se pregunta si las futuras generaciones de sacerdotes podrían distorsionar sus palabras y corromper su intención. Temía que podrían utilizar la fuerza poderosa de convicción únicamente para beneficio personal o para ejercer control injusto y poder en contra de seguideros ingenuos. Sus últimos deseos incluyeron una esperanza de que sus descendientes se mantuvieran fieles a sus creencias y sus palabras.

Sus enseñanzas eran bien fundidas y sin intento de lastimar a nadie. Tal vez simplemente presentó una forma de falsa esperanza de que en realidad era inofensiva, ya sea verdadera o no. Si las creencias resultaron en ser cierto, los esfuerzos valían la pena. Si no es cierto y no había nada después de la muerte, nadie nunca lo sabría, y no importa. Su redención era la satisfacción personal por lo menos que él había dado consuelo a la gente que había algo después de morir y no un final repentino de una nada perpetua después de su último aliento. Le gustaría compartir ese reconfortante pensamiento sí mismo. Era muy difícil imaginar la extinción total de pensamiento y de acción. Fueron sus sentimientos finales cuando cerró los ojos y se desvaneció en el olvido.

CAPÍTULO 16

ACECHANDO A LOS EXTRANJEROS

Tor y su sobrino se prepararon para su misión. Tor añadió a su plan relevando a Kor del trabajo como observador en la colina, que había llegado a ser tedioso. Tor invitó a él y tres otros guerreros para acompañarlos por parte de una media luna del viaje, donde podrían esperar su devolución o una señal de que algo había salido mal. En el camino, Kor selecciono un cerro alto como campo y un punto de observación. *Bueno, al menos es una colina diferente con una nueva visión, y no estoy solo* pienso Kor.

Uno de los cuatro se mantendría siempre en la colina mientras que los otros tres cazaban o buscaban agua. El Cerro alto tenía una pequeña cueva que servía para dormir de noche y con una barrera de rocas y ramas en la entrada ofrecía protección contra la intemperie y los depredadores. Los jóvenes se establecieron lo más cómodo posible por si acaso se convirtiera en una espera muy larga

En la aldea tribal, Atu ahora era el sacerdote principal en la atendencia, y manejaba todas las actividades religiosas. Logro continuar la educación espiritual de su hermano menor. Nito, otro estudiante de gran aptitud. Él aprendió rápida e instintivamente entendía los matices de las enseñanzas de su familia. Él sabía que originalmente todo fue hecho de embuste y de la imaginación de su abuelo reciente difunto. Pero en sus ojos, no hacía ningún daño y era realmente beneficioso en algunos aspectos, especialmente para su familia creciente.

Tor y Lon continuaban su búsqueda. Esta vez viajarían más allá de donde Tor había visto por primera vez a los extranjeros. Buscaban signos de otros campos o evidencia de otras visitas a la zona, y encontraron muchos. Parecía a Tor que era un coto de caza regular, y se había expandido desde su primer encuentro. Lon subió los árboles más altos para mirar alrededor cada poca milla. No querían sorpresas.

Una vez vino abajo y con emoción dijo: "Vi un incendio".

"¿Lo suficiente cercano para encontrarlo antes de que llegue la noche?"

"Sí. No están muy lejos."

"Nosotros debemos viajar ahora como si nos estuviéramos en la caza de ciervos, lentamente y muy reservado."

"Voy a ir primero, tío. Soy un acosador mejor que tú y tengo los ojos más agudos".

"Por una vez estoy de acuerdo contigo, pero no tomes exceso de confianza. Soy todavía más sabio y responsable".

"Sí, comprendo. No quiero deshonrarte."

Los dos se movieron, silenciosos como las sombras y con todo sentido alerto. Lon sostiene una mano, señalización de parada. El campo estaba a la vista. Los cazadores no demostraron ninguna muestra de la aprehensión y actuaban como si estuvieran tan seguros como en sus propias cuevas.

Hijo y nieto de Og miraron silenciosamente hasta que ya no era seguro estar al aire libre al acercarse la oscuridad. Esperaban que las noches siguientes fueran a ser incómodas. No podrían construir un fuego para alejar las fieras nocturnas acechabas, y tuvieron que dormir arriba en los árboles.

Temprano en la mañana, se dirigieron al campamento de los cazadores. Querían determinar si los hombres planearon regresar a su tierra o seguir adelante. Tor tenía que adivinar de qué dirección iban a ir. Tor no vio ningún resultado de caza amontonados o colgando y decidió la caza no había acabado. Él y Lon circundaron el campo para encontrar indicaciones de la dirección que los extranjeros habían venido. Ojos agudos de Lon y un sentido natural de acecho descubrió que venían de donde el sol se levanta. Tor estuvo de acuerdo y decidió espiar desde esa dirección porque el partido no regresaría todavía por ese camino.

Este grupo tenía tantos miembros como los dedos en las manos de un hombre. Tor también notó quien era el líder aparente. Él merecía la atención centrar y el primero en matar si fueran atacado. Él señaló al hombre a Lon y dijo: "Él es el primero a quien le apunta tus flets."

Los cazadores reunieron sus armas, apagaron su fuego y marcharon en la dirección opuesta de los dos vigilantes. Tor y Lon esperaron hasta que su cantera estaba fuera de la vista y eligieron esta vez utilizar las brasas moribundas del fuego abandonado para cocinar ligeramente un conejo que habían cogido la noche anterior. Fue su primera comida cocinada en muchas horas. Los intrusos no sospechaban ningún seguidor, y así el grupo no hizo ningún esfuerzo para ocultar su rastro. Un hombre ciego podría haber seguido su camino por el bosque. Tor y su sobrino mantuvieron prudencia. Si los descubrían y atacaban, no tendrían oportunidad de sobrevivir. Tor indico a Lon que su primera prioridad era la seguridad de su pueblo, no de su tío. Tenía que correr más rápido que él nunca había corrido antes y dejar a Tor para retardar al enemigo durante el mayor tiempo posible. Lon era un excelente rastreador y sabía cómo configurar rutas falsas. Su función era confundir y retrasar cualquier perseguidor para que él tuviera tiempo para llegar y avisar al pueblo para establecer una defensa.

"Lon, no te moleste por lo que te digo, aunque sea repetido. Debo hacer saber lo que tienes que hacer si yo no puedo regresar. Si digo algo que ya sabes, acéptalo como refuerzo. Si no lo sabía, recíbelo como si fuera una nueva lección."

"Estoy seguro de que los dos podremos regresar. Pero me gusta tus enseñanzas, aunque ya las oí de mi madre o abuelo Og.".

"Bueno. Eres sabio más avanzado que tus años. Mi hermana te ha enseñado bien."

Continuaron en búsqueda silenciosa y cuidadosa, se acercaron solamente lo suficientemente cerca para escuchar la lengua extraña de los hombres y observar sus formas de caza. Estos hombres eran muy exactos con sus arcos y flets; fallaron raramente. Tor también notó que algunos cazadores utilizaban una herramienta diferente. Estaba hecha de hueso o madera aproximando la longitud del antebrazo de un hombre, y tenía una muesca en un extremo donde encajar el extremo de la cola de una lanza corta. Lo llaman un *atlatl* y la usaban para lanzar un jabalín corto con más rapidez que a mano vacía solamente. Después de unos días de observación cuidadosa, Tor y Lon agregaron otras nuevas palabras a su vocabulario creciente. Ciervos fueron llamados *cuvos*, y el fuego era *figo*.

Cuando los cazadores mataron a tres ciervos y un jabalí pequeño, hicieron camadas — algo nuevo a Tor y Lon, para arrastrar su recompensa a donde vinieron. Tor se conjeturó que su pueblo no podía estar demasiado lejos o la carne se dañaba en el camino. También juzgó que tanta carne alimentaria un gran pueblo, y si siguieron la misma estrategia como su propio pueblo, había partidas de caza en diferentes direcciones, significando que era un asentamiento aún más grande.

En el camino, los cazadores construyeron un bohío de palos, hierba y pieles y colocaron la carne de los animales dentro. Luego, encendieron un fuego en la choza y cubrieron la entrada. Mantuvieron el fuego pequeño, no para cocinar la carne, pero para hacer más humo. La acción fue insondable con Tor, pero era algo que necesitaba entender.

Tor y Lon se arriesgaron y se alojaron por toda la noche, durmiendo en turnos. Esperaban que los depredadores no se acercaran a los humanos debido a las fogatas toda la noche y el humo que escapaba de la choza.

Al amanecer, el campamento se animo. Los hombres tomaron la carne de la cabaña, la envolvieron en hojas grandes, echaron a cargar en las camadas y prepararon para regresar a su territorio.

"¿Vamos a seguirlos hasta el final?" preguntó Lon

"No. no creo que sepan que existimos y no sé como de lejos queda su aldea. La próxima vez preparare para un viaje más largo y seguir todo el camino. Kor puede que este impaciente, esperando tanto tiempo. Es tiempo de volver a nuestra área".

Después de poner cierta distancia entre ellos y el campamento de los cazadores, Lon dijo: "Tío, mientras usted dormía, yo hice algo que quizás le causa enojar."

"Estamos aún vivos, lo que fue no nos causo problemas. ¿Qué hiciste?"

"Infiltre en el campamento y me robe lo que utilizaron para lanzar sus lanzas más lejos de lo que nosotros podemos."

"¿Robaste una de sus armas? Nos pusiste en peligro y te dije que el deber más importante es obtener información de la tribu para que podamos protegernos si descubren nuestro pueblo".

"¿No te robaste tu el arco y flets la última vez?"

"Hiciste bien por conseguir la herramienta, pero te equivocaste a no decírmelo primero. Y estaba solo; Sólo me puse en peligro. También, fue Og y Ato que comprendió el peligro real de que los extranjeros pueden plantear. Yo era más joven y obviamente como tonto como tu."

"Sí, tío. No hacerlo otra vez."

"¿Tu recogiste una lanza corta también?"

"Por supuesto. La herramienta por sí misma es inútil.

"Su, Tía y tu madre estarán ocupadas por un tiempo haciendo más de estas cosas y nuestros cazadores tendrán una nueva arma con la que practicar. Espero que miraras cuidadosamente y entiendes cómo funcionan".

"Creo que sí. Tan pronto como tengamos más lanzas, empiezo el práctico. No quiero perder el único que tenemos."

Los dos continuaron a un ritmo constante, parando solo por breves tiempo, para cazar, comer y descansar. Varios días después, llegaron a la colina donde esperaban Kor y los otros jóvenes. Tor relaciono sus aventuras y había elogiado Lon por su habilidad y valentía. Una parte que no podía explicar o entender fue la comercialización de la carne en la cabaña llena de humo.

Kor pensó un poco y dijo: "el humo debe hacer algo a la carne. Debe cambiar de alguna manera. Usted sabe, como cuando llegan las nieves: la comida que queda en el frío no se pudre como lo hace en la estación cálida. Tal vez el humo hace lo mismo con la carne."

Lon dijo, "Eso es una buena manera de explicarlo. No la cocinan realmente. Simplemente la dejan pasar toda la noche en la choza humeante. Algunos comieron de la carne en la mañana, pero la cocinaron en el fuego primero."

Tor estuvo de acuerdo con ambos hombres jóvenes. "Cuando llegamos a casa, podemos construir una choza similar y ver lo que sucede a la carne que guardamos después de expuesto al humo".

El viaje de regreso a su aldea tuvo unos días menos que el viaje hacia fuera. Estaban ansiosos de conseguir un buen descanso en la comodidad de sus cuevas y atraques de la piel. Kor y su equipo de observadores en la colina habían comido bien y habían hecho poco menos que cazar, comer y dormir mientras esperaban. Tor y Lon estaban muy cansados después de buscar los visitantes y enfrentarse en condiciones incómodas y no dormir lo suficiente mientras encaramado en los árboles.

El joven que había reemplazado a Kor como mirador de la colina cerca de la aldea vio el partido regreso desde lejos. Su deber era avisar al jefe o alguien de alguna autoridad en el pueblo. Corrió tan rápido como pudo hacia abajo de la colina y encontró al jefe Ato descansando después de la caza del día.

"Algunos hombres acercan a la aldea a partir de ahí," dijo el joven mirador, señalando este.

"¿Cuántos?" pregunta Ato.

El muchacho soportó seis dedos.

"Tiene que ser Tor y mi hijo".

CAPÍTULO 17
PREPARACIÓN PARA LOS EXTRANJEROS

El jefe reunió a doce hombres para que lo acompañaran. Completamente armado, marcharon a reunirse con el grupo que se acercaba.

Ato oyó el grupo antes de verlos. No había necesidad de sigilo en cuanto reconoció la voz de su hijo y Tor. Gritó saludos para asegurarse que no había ninguna identidad equivocada causando a un lamentable incidente.

Ato y Tor no hablaron sobre el viaje en inmediato. Se reunían más tarde en privado después de que los exploradores gozaran buena comida y un buen descanso. Había tiempo para algunas decisiones importantes para Ato como jefe y Tor como el sumo sacerdote.

La mañana siguiente, Ato y Tor, acompañado por sus hijos mayores y sobrino de Tor, dieron un paseo lejos de la aldea. No era aún tiempo de informar a los habitantes del pueblo de la existencia de otros que no eran como ellos.

Encendieron una fogata en caso de que aparecieran depredadores de día con curiosidad o hambre, y se sentaron en un círculo alrededor de él. Comenzó Tor. "La gente extraña vinieron más cerca de nosotros esta vez, quizás un viaje de varios días de desde aquí. Los campos que abandonaron también es prueba que viene a menudo y siempre en la dirección de nuestro pueblo.

Atu apareció preocupado y dijo, "Kor, al volver a la aldea, seleccionamos a dos hombres y los envían a encontrar dos cerros más para que enviemos miradores. A continuación, vamos a velar un área más grande de la que pueden acercarse los extraños. Selecciona cuatro guerreros jóvenes y rápidos para turnarse en las dos colinas nuevas. Porque fuiste un mirador durante mucho tiempo, eres el mejor para instruir sobre qué hacer. Asistirás a todas las conversaciones con Tor y yo de ahora en adelante. Si algo me pasa, serás jefe. Atu sustituirá algún día a Tor, y así que él también se unirá a nosotros cuando hacemos planes. Lon, tu no vas a reemplazar a nadie todavía, pero debido a tu experiencia con los forasteros, tus palabras también serán importantes".

Tor asintió con la cabeza y dijo: "buen plan, jefe. No será mucho antes que se acercarse lo suficiente para ver u oler nuestros fuegos, o encontrarse con una de nuestras partidas de caza. Lon tiene una idea que quiere hablar y pedir su aprobación. Lon, dile al jefe tu idea. "

"Jefe, puede ser una buena idea para aprender más sobre estas personas. Me gustaría volver a donde los conocimos y seguir su camino hacia su pueblo. Entonces podemos espiar en ellos para ver cuántos son y estudiarlos. Abuelo Og nos contó muchas historias, y algunas de ellas incluyen lecciones importantes. Entre ellas, él incluyó que es mejor conocer tus enemigos mejores que tus amigos."

Ato miro a Tor y le preguntó, "¿Qué opinas, Tor? ¿Los espíritus aprobarán?"

Creo que es una buena idea, y voy a consultar con los espíritus en esta misma noche. Puede depender de si sus espíritus son más fuertes que los nuestros, o los mismos."

Ato dijo: "te acepto, dependiendo de lo que tu tío me dice cuando salga el sol. Mientras esperas, elige algunos jóvenes guerreros a viajar contigo. Eres más familiar con los hombres mejores que yo. Escoge aquellos que son buenos cazadores y son tranquilos. Los que no son silenciosos pueden atraer la atención y crear problemas. Yo diría que tantos." Ato entonces sostenía cuatro dedos. "Kor, ayúdale a seleccionar su partido, y antes de preguntar, no, tú no puedes ir. Un jefe debe llevar, pero no todos los días y no en todos los sentidos. Cuando finalmente se encuentren estas personas, ya sea en batalla o para hablar, te necesito a mi lado."

Nito tosió para llamar la atención y le dijo: "jefe, padre, me gustaría ir con Lon. Aunque aún no soy sacerdote, necesitan cierta orientación espiritual en un viaje largo y peligroso. Aprendí a acechar con Lon de maestro, y él sabe lo que puedo hacer."

"Tor", dijo Ato, "el hombre joven valiente será mi guerrero, pero también es tu hijo. Lo dejo a usted a decidir."

Tor asintió, pero permitió a Lon tomar la decisión final porque era su responsabilidad para encontrar a los mejores hombres para la misión.

La viuda de Og, Su; Hija de Og Nia; Esposa de Tor, Tia; e hija de Tor, Lia se pusieron a trabajar duplicando el lanzador de jabalinas que Lon obtuvo de los extranjeros. Los hombres hicieron copias de las lanzas cortas que caben en la ranura. En aproximadamente una semana, guerreros practicaban cuando no cazaban o ocupado con el trabajo de la aldea. Los miembros más jóvenes de la tribu, especialmente Mina, dirigidos por Lon y Kor, adquirieron competencia más rápido que los más viejos guerreros, que preferían la vieja manera de tirar o empujar las lanzas desde una distancia más corta. Durante la próxima reunión de todos los sacerdotes de pueblo, Tor les dijo que enviaran a diez jóvenes guerreros de cada pueblo para entrenar con el atlatl.

Mina descubrió que con la asistencia de la herramienta podía lanzar la jabalina igual de lejos y tan fuerte que cualquier varón. Y también con mejor puntería.

Cuando llegó el momento para probar su habilidad en blancos móviles, los hombres encontraron que podrían derribar caza más grande. Las lanzas cortas eran más largas y un poco más gruesa que los flets, y por lo tanto eran más mortal.

En épocas anteriores, de vez en cuando cazaban osos gigantes y mastodontes, pero tenían que acercarse demasiado. Sus lanzas viejas eran más eficaces en empujar que tirar. El riesgo era demasiado grande, y así que se concentraron en ciervos y animales más pequeños. Ahora, con su combinación de armas modernas, no era necesario llegar tan cerca. Suministros de alimentos de la aldea y pieles crecieron proporcionalmente como sus habilidades mejoraban. El experimento con la choza de humo determinó que carnes tratadas con humo seguía siendo comestibles más que la carne no tratada.

Cazas de diario ya no eran esenciales. La tribu podría sacar un día ahora y entonces sin temor a pasar hambre. El ahorro de tiempo resultó valioso para la reconstrucción de chozas, buscando o excavando cuevas y practicando con los arcos y el atlatl.

C A P Í T U L O   1 8
DESCUBRIENDO PELU Y SU TRIBU

Lon y Kor seleccionaron a los cuatro hombres que se unirían a Lon y Nito en la búsqueda del pueblo natal de los extranjeros. Tomaron a ocho candidatos en incursiones de acecho y eliminaron aquellos que eran menos hábiles o hacían mucho ruido mientras en seguimiento.

El grupo exploratorio incluyo a Lon como líder; Nito; un más viejo, pero astuto cazador llamado Po; Oli, el hijo de Ato más joven; y Tau, primo de Oli. Los cinco cargados con armas, carne conservada, y pieles de espesor para dormir.

Comenzaron hacia fuera en un día despejado hacia el sol naciente, que les dio la dirección a la cabeza y les permitió saber cómo volver. Por la primera semana o así, viajaron con precaución, pero no en exceso. Después de eso, se movían más lentamente y en silencio, porque no tenían idea cuánto necesitaban viajar antes de alcanzar su meta.

Los cinco exploradores se echaron diez días más para tener contacto, unas pocas millas más al oeste que Lon los había visto en su último viaje. Ahora se mudaron con extremo cuidado. Pretendían seguirlos todo el camino a sus casas, no para enfrentarlos en el campo. Lon reconoce el líder como el mismo hombre que había visto antes. Lon y Nito tuvieron un problema controlando la reacción excesiva de los otros tres hombres al ver los extranjeros por primera vez. Nito había oído todas las historias y para él era más fácil mantener la calma.

Lon les dijo: "mira con atención. Son casi lo mismo como somos. Son más altos y más delgados, y tienen menos pelo, pero casi el mismo vestido. Ninguno de nosotros es idéntico. Son un poco más diferentes

64

que nosotros. Por ahora, simplemente vamos a verlos. Escuchar sus palabras. Pongan más atención al hombre con las franjas blancas y rojas en su cara; él es su líder. Él debe tener un nombre. Si ustedes oyen a otro llamándolo, recuerde el sonido. Pero no acercarse demasiado para escuchar mejor; Mantenga su distancia. Solo Nito y yo a intentaremos acercarnos cuando creemos que es seguro. Recuerde que debemos permanecer escondidos hasta llegar a donde está su pueblo. Puede tomar mucho tiempo, por eso, acostúmbrense a un viaje largo."

Los forasteros parecían dispuestos a hacer campamento y Lon sabía que significaba que era seguro darle la vuelta alrededor de ellos y tomar una posición de observación en el lado de donde habían llegado. Po le preguntado, "¿Cómo sabes que no vuelvan al revés?"

"Porque va a construir una cabaña de humo y están preparando el sitio para el fuego de la noche. No cazan en la dirección desde donde vinieron. Es el camino a casa para ellos. Durante unos días, estaremos seguros de un inesperado encuentro con ellos."

Lon y su partido dieron un gran giro alrededor del campamento y buscaron un lugar seguro para vigilar. Descubrieron una colina baja cubierta con árboles y arbustos, pero con una buena visión hacia el campamento de los extranjeros.

Cuando se establecieron, Lon llevó Nito aparte. "Sobrino, recuérdales a los hombres de Mu, el espíritu de las tinieblas, para protegerlos durante la noche y agradecimientos a Alu por permitir que el sol se levante."

"Tío, ¿por qué tenemos que hacer esto tan lejos de la aldea para sólo tres personas?"

"Nito, el viaje en que estamos en ahora es una aventura, es necesario y satisfactorio sino sólo una acción temporal. Control y enseñanza espiritual es nuestra vida. No podemos permitir la duda o la suspicacia en los pensamientos de incluso una sola persona. Og, nuestro abuelo, nos directo en un camino diseñado para dar a nosotros y nuestros hijos vidas cómodas. Eso es posible solamente al convencer a otros que mi padre, que, en nuestra familia, somos los únicos que se permite hablar de los espíritus. Lo que creemos personalmente no hace ninguna diferencia, pero todos los demás deben creer. ¿Entiendes ahora por qué debemos nunca dejar caer la guardia y demostrar siempre que hablamos con los espíritus, ya sea en el pueblo o en el bosque?"

"Sí, comprendo. Los reuniré por unos minutos y los llevare en sus ruegos y gracias."

"Cuando haya terminado, asígnalos a turnos de guardia durante la noche. Yo tendré la primera vuelta."

A la mañana siguiente los forasteros rompieron campamento para comenzar la cacería. Eso dio a los observadores una oportunidad para recoger algunas frutas y bayas para el desayuno y explorar cuidadosamente la zona alrededor. Tenían que asegurarse de no dejar ninguna señal de que se expondría. Se aventuraban a esto porque creían que los cazadores no irían en esa dirección durante al menos varios días.

Los cazadores volvieron y parecían molestados con su falta de éxito. Habían solamente colectado un ciervo pequeño, suficiente para alimentar el grupo tal vez dos veces. Gracias al fuerte intercambio, Lon dedujo que el líder se llamaba Pelu. Ahora tenía cuatro palabras: *atlatl*, *cuvo*, *figo* y el nombre del líder.

Lon escucho tres de las cuatro palabras en una conversación, que él entendía como "Pelu, cuvos [en] figo?"

La respuesta fue un fuerte "Li". Lon conjeturo que significaba sí. Su nuevo vocabulario ahora consistió en cinco palabras.

Los campistas actuaron como si estuvieran solos en el mundo. Mantuvieron su fogata durante de noche, pero nadie quedo despierto para servir como un centinela. Cada hora o así, alguien que no sea Pelu se levantó para añadir madera al fuego o a hacer sus necesidades. El pequeño grupo de Lon vigilaba toda la noche. Habían encontrado un nicho en la colina que no era una cueva sino una protección de tres lados. Aunque no era necesario para montar guardia, Lon salía un par de veces durante la noche para acompañar a quien estaba velando la compañía durante un rato. Su razón de ser, le dijo al guardia de turno, fue que necesitaba estar en comunión con los espíritus durante la noche en tiempos de peligro.

La rutina continuó durante varios días. Finalmente, el cuarto día por la tarde, los cazadores volvieron eufóricos con la mejor pesca de su expedición. Habían matado un oso de las cavernas gigante y lo arrastraron a su campamento con una camada similar al que solía llevar sus carnes ahumadas la última vez. Lon no había intentado hacer uno después de verlo antes pero determinó instruir a su tribu en su construcción y uso.

Algunos cazadores comenzaron a remover la piel y cortar la bestia en trozos manejables, mientras que otros preparaban la choza de humo. Pelu emitió órdenes a los demás, que se pusieran a trabajar recogiendo algunas de las armas y atar a la cama. Lon se dio cuenta de que el grupo iría en la mañana, con los hombres desarmados halando la camada cargada de carne.

CAPÍTULO 19
RUMBO A LA TORMENTA

Lon llamó a sus hombres hacia el lado opuesto de su colina espiadera para explicar la estrategia de futuro.

"Antes de que el sol va hacia abajo, hacemos nuestro camino al otro lado de su campamento. Se marchan en esta dirección, y por lo tanto debemos establecernos detrás de ellos. No necesitamos estar cerca de su cola. La litera que arrastran deja un marcador claro, que será muy fácil de seguir. No sé hasta dónde vamos a viajar. Permanezcan alerto por árboles frutales, bayas, tuercas o incluso miel. Tranquilamente podemos recoger tanto como podemos llevar y que proveerá alimentación para nosotros en el camino. Si encontramos mucho, podemos hacer una pequeña camada como ellos o cestas para llevar aún más. Ahora, vamos a salir antes de que los acosadores de la noche salgan en busca de una comida."

La pequeña banda tomó otra ruta esquivando el gran campamento de los cazadores y encontraron un claro donde podrían construir un refugio temporal para la noche. En la mañana, esperaron un rato después de amanecer para reanudar su seguimiento. Se acercaron con cautela el campo abandonado. Nito y Po en un círculo el campamento en direcciones opuestas. Cuando se encontraron en el otro lado, se aseguraron de que el campamento estaba vacío antes de entrar en el claro. La fogata estaba todavía caliente, y la utilizaron para cocinar de la carne ahumada que habían traído con ellos. Podría ser su última oportunidad para disfrutar de una comida caliente. Lon y los otros hombres se unieron a ellos, y después de un abundante desayuno, reanudaron su viaje.

Como esperaban, el rastro era fácil de seguir, pero todavía mantuvieron un seguimiento sigiloso. Cada poca milla, uno de ellos subía a un árbol alto para analizar el terreno por delante y echar un vistazo su cantera.

Durante el segundo día en el camino, Lon vio una bandada de pájaros volando bajo y se sintió estigmatizado. Nito se dio cuenta y le preguntó a su tío lo que estaba mal.

"Abuelo Og una vez me dijo que aves de bajo vuelo significaban que venía una tormenta."

"¿Por qué es usted preocupado sobre una tormenta?

"Si se trata de una fuerte tormenta, va lavar el rastro."

"Oh. ¿Qué podemos hacer?"

"Ponernos más cerca y pronto."

Nito transmitió la orden, y todos comenzaron pasó a un ritmo más rápido después de subir un árbol para obtener un vistazo rápido y ver las nubes que se aproximan.

"Tío, los cielos están oscuros en la dirección que vamos. No vi ninguna señal de los cazadores. Podemos perderlos incluso si tenemos prisa."

"Todavía tenemos que tratar. ¡Vamos!"

El pequeño partido liderado en la trayectoria de la tormenta, que se movía hacia ellos y ellos hacia ella. No era un evento devastador, pero era lo suficientemente fuerte como para borrar cualquier pista. Perdieron el rastro, obligándolos a tomar cobertura abajo a esperar que las lluvias pasaran. Cuando despejo, se propusieron otra vez para localizar el otro grupo. Lon estaba seguro de que Pelu continuaría hacia el este y procedió en esa dirección. Los buscadores se extienden en busca de alguna señal de paso. Tomaron varias horas, pero finalmente escogieron un rastro fresco. Lon ordenó una parada de descanso porque pronto iba a ser al atardecer, lo que hace imposible continuar.

C A P Í T U L O   2 0

TRIBU DE TONG

A la mañana siguiente, Lon envió a Nito a un árbol a espiar a los perseguidos y medir su distancia. Retomaron su marcha, pero con más precaución. Al mediodía, Lon escuchó los gritos y sonidos de una conmoción por delante: gritos de dolor se mezclaban con otros alaridos. Lon reconoció los sonidos de batalla. ¿Los extranjeros estaban peleando, pero con quien?

Lon y su pequeño grupo de hombres miraban hacia abajo en un valle poco profundo y vieron a Pelu y sus hombres confrontando un partido más grande de otros hombres de aspecto similar. La única diferencia notable entre los grupos fue que el segundo conjunto de extranjeros usaba pintura corporal de diferentes colores. Lon noto que uno sólo llevaba el color rojo. El hecho de que él era el único pintado en ese color, así como su agresividad y voz de mando, dejo sin duda estaba a cargo. La fuerza de Pelu estaba excedida en número. Para cada guerrero que tenía, había tres atacantes.

Nito le preguntó a Lon, "¿vamos a ayudarles?"

"No. Nunca únete a una lucha que no puedes ganar. Nuestro pequeño grupo no haría una diferencia en el resultado. Mejor para Pelu a rendirse o escapar."

Como si Lon había anunciado una entrada, Pelu gritó lo que obviamente era una señal para retirarse. Era demasiado tarde. Sus hombres atrapados recibieron lanzas o flets en la espalda cuando intentaban huir. Un flet pulsó Pelu en su muslo izquierdo, pero pudo arrancar el proyectil y siguió corriendo hacia el bosque. Cuando el guerrero herido entró en el cepillo, el hombre rojo gritó una orden, y sus hombres pararon la búsqueda. Luego volvieron al campo de batalla y atravesaron con lanzas a cada hombre sobre la tierra aunque estuvieran muertos o no. Lon se pregunto a sí mismo por qué trataron de matar dos veces, porque algunos obviamente ya estaban muertos. Los restantes hombres pintados reunieron el despojos de la batalla pero no usaron la camada. Cada luchador jubiloso tomó un paquete y corrió hacia el sur.

Lon decidió ir detrás de Pelu. Él vio esto como una oportunidad que no podía dejar pasar. El guerrero herido estaba desarmado y ya no era peligroso en su condición. Siguieron rápidamente sin necesidad de subterfugio. Abruptamente oyeron el rugido enojado de un oso gigante de las cavernas ante los perseguidores. Lon les dijo a sus hombres, "él está en problemas. El oso lo alcanzara si no ayudamos."

Ellos corrieron hasta que se toparon con un espectáculo aterrador. Pelu estaba atrapado en un árbol fino y demasiado pequeño para el oso subir pero no tan grande para sobrevivir los esfuerzos de la bestia tratando de derribarlo. La sangre de la herida de Pelu goteó hacia abajo por el tronco del árbol, que el oso lambia, añadiendo un grado de frenesí a sus esfuerzos.

Lon tomó la escena de un vistazo y corrió hacia el oso, con su propio grito de guerra. Lon se enfrío cuando vio el animal lanudo girar para mirarlo. Con un inquietante rugido, cargo contra Lon. En la empopada, Lon puso su jabalín en la muesca y la dejo volar. La lanza hizo buen contacto, pero era tan incapacitante como una picadura de mosquito en las nalgas de un hombre. En lo que Lon se encontraba dispuesto a seguir lo que ahora parece ser un compromiso vano, Po apareció del lado izquierdo de la criatura, saltó alto en el aire y enterró su lanza en su hombro izquierdo, con profundidad suficiente para perforar el corazón. El gigante se paro sobre sus patas traseras y cayó hacia atrás, casi machacando a Po, que todavía estaba intentando levantarse.

Lon saco su lanza del cuerpo de la criatura y la sumido a través de su garganta expuesta. Sonrió al recordar lo que había pensado mientras que los hombres pintados intentaron re-matar guerreros de Pelu ya muertos. En este caso, sin embargo, este enorme animal podría quitarle la cabeza a un hombre con sólo un espasmo de muerte. Era mejor asegurarse.

Dejó la lanza incrustada y caminó hacia el hombre desconcertado todavía en el árbol. LON dijo solamente una palabra, "Pelu", entendiendo que la mayoría de la gente reacciona a oír su nombre antes de la mayoría de los otros sonidos. Pelu estaba confundido, pero se dio cuenta que ya no estaba en peligro, y dolorosamente pero agradecido bajó de su perca.

Lon tocó a su pecho y dijo su nombre. Luego señaló al herido y dijo su nombre. Pelu entendió aunque se preguntaba cómo esta salvaje sabía su nombre. Lon le pidió a Nito que le traerá hojas medicinales pequeñas para las heridas y algunas más grandes para un vendaje. Cuando Nito le trajo las plantas, Lon levanto los brazos al sol y murmuró un galimatías. Nito, sonrió para sí mismo, pero no demostró ninguna evidencia que era consciente de la intención de su tío. Lon sembró la semilla de su autoridad espiritual en la mente de Pelu. Lon enjuagó la herida con agua, rellenó la punción con las hojas pequeñas machacadas y había cubierto con las hojas grandes. Luego empató el apósito en su lugar con las vides finas.

Comunicación entre los homínidos era difícil pero no imposible. Nombrar elementos físicos era fácil: recoger o apuntar a una roca, hoja u otro elemento y entonces cada hombre, indicaba el nombre en su idioma correspondiente. El pueblo de Lon llamaba un oso *os*; El clan de Pelu lo nombraba *ur*. Palabras abstractas eran más difíciles de determinar. Mientras que Pelu se recuperó, los dos hombres usaron gestos y pantomima para aprender lo suficiente en unos pocos días para entender mensajes simples. Nito presto estricta atención y aprendió junto con su tío. El resto de la tripulación mostró poco interés, pero se mantuvieron ocupados pelando su matanza y ahumando la carne. Comieron bien por primera vez en el ciclo de una luna.

Po, Oli y Tau tomaron tiempo para visitar la escena del ataque de los hombres pintados. Enterraron los muertos en tumbas llanas. Recogieron las armas dispersas, y las guardaron en la camada para arrastrarla a su campo actual.

C A P Í T U L O 2 1
PUEBLO DE PELU

Cuando Pelu estaba lo suficientemente fuerte como para viajar, Lon le preguntó donde vivía. Se refirió a Pelu y luego a diferentes direcciones, imitando un paseo. Pelu entendió inmediatamente y indico la ruta que tenían que llevar. Lon mandó a los hombres a esconder su caché de armas recogidas para recuperarlas en su viaje de vuelta. Se dispusieron entonces a encontrar el hogar de Pelu. El viaje duró casi un ciclo de medialuna. Mientras en el camino, los dos líderes y Nito aprendieron suficiente de su opuesto lenguaje para participar en conversaciones más complejas.

Un tema surgió que era extremadamente difícil para Lon explicar e incluso más aún de Pelu entender. Pelu tenía curiosidad sobre el ritual con las plantas usadas para vestir sus heridas. Lon hizo su mejor esfuerzo con el vocabulario limitado del extranjero a su mando. ¿Cómo uno describe un ser invisible, incognoscible, etéreo solamente usando gestos y pantomima? Lon cree que él entendió parte del mensaje a través de cuando Pelu señaló al sol y luego el cielo, toco los árboles, se arrodilló para acariciar la tierra y arrasó sus brazos en un gesto abarcador. Lon asintió con aprobación. Durante los tiempos de descanso, Lon dibujó los símbolos de los espíritus en la tierra con un palo. Con cada uno, fue a sus rodillas y alcanzó al cielo con los brazos abiertos. Pelu apareció desconcertado, y Lon terminó la lección allí.

Más tarde, Nito le preguntó, "¿cómo va la lección tío?"

"No sé, pero la semilla está plantada. Ahora, necesitamos echarle agua y nutrirla todos los días."

Algunos temas eran más fáciles de discutir. Nito quería saber sobre los hombres pintados. Pelu dijo que vinieron del norte. Tenían la piel más clara y pelo rubio, y no demostraban piedad en batalla. Tratan de matar y robar a todos los que encuentran. Los presos interrogados dijeron que la tribu se había migrado para escapar el clima frió que se arrastraba hacia el sur. Había poca vegetación y por lo tanto menos caza. Marcharon desde unas lunas llenas hacia el norte.

"¿De dónde provino tu gente?" preguntó Nol.

"Somos del sur. Caminamos muchas lunas para llegar a esta fecha. Era solo un niño cuando empezamos. Mi abuelo era el jefe; ahora mi padre lleva la tribu."

"¿Cómo nos recibirán? Somos un poco diferentes".

"No sé, Lon. Yo soy hijo del jefe, no el jefe, a menos que él murió en mi ausencia. Mi pueblo ha sido cauteloso puesto que los hombres pintados vinieron desde el norte. Pero no te preocupes; Te protegeré. Puede ser mejor si yo entro en el pueblo primero y le digo a mi padre toda la historia."

"Por si acaso, envía una señal para que podamos hacer nuestro escape si no es muy acogedora."

Ambos hombres rieron y continuaron en lenta pero agradable conversación.

Lon y sus hombres quedaron sorprendidos cuando vieron la aldea de Pelu. No tenían ningunas cuevas. Hicieron algunas chozas de paja, pero algunas fueron hechas de troncos y fango seco, y sin embargo, otras eran construidas de pieles de animales. Había muchas cabañas de humo y muchos más incendios de cocina. El compuesto era mucho más grande que la suya. Indica que la tribu contiene una población en números muchas veces más de su tribu. Una fuerza grande que podría abrumar suyo en muy poco tiempo. Lon dijo a Nito que esos hechos le dieron pausa a nutrir cualquier relación entre las dos tribus.

Pelu entró en la aldea a una gran bienvenida. Jefe Teru dirigió a la fiesta de bienvenida, pero estaba impaciente para recibir detalles de viajes de su hijo. Retiró a la estructura más grande en el pueblo, hecha de troncos, barro y techo de paja. Pieles de animales y colmillos de mastodontes adornaban el interior. Loza en estantes y armas de muestra en las paredes añaden a la decoración. La colección de posesiones también anunció la extensión de su riqueza y poder.

Los dos se sentaron sobre montículos de pieles y esperaban para que la madre de Pelu traiga su comida.

"Tong atacó otra vez. Mató a todo mi partido de caza y se robó todo lo que tenía."

"Entonces ¿cómo es que estás aquí?"

"Yo ordene la retirada al ver que no podíamos ganar. Los pocos que quedaban después del ataque de la sorpresa recibieron lanzas en sus espaldas cuando corrimos. Yo también estaba herido, pero Tong llamó a sus hombres cuando entré en el bosque. Debe haber supuesto que me moriría de la herida de todos modos. Luego reunió a la carne y huyó."

"¿Cómo es que no moriste de la herida?"

"Esa es la parte más extraña de la historia. Salvajes de una aldea lejana me salvó."

¿"Salvajes? ¿Qué salvajes, y por qué le ayudaría? "

"Yo los llamo salvajes debido a su apariencia, no cómo se comportan. Al principio, los vi como feos y brutal, pero resultaron en ser inteligentes, increíblemente valiente y excelentes cazadores. Sólo dos de ellos derribaron un oso gigante de los que viven en cuevas que estaba tratando de sacarme de un árbol. Su líder sanó mis heridas y me alimentó mientras recuperaba."

¿Qué pasó con ellos?"

"Me escoltaron a nuestro hogar y esperan fuera del pueblo".

"¿Los trajiste aquí?"

¿Qué es la diferencia, padre? Las Nors saben dónde estamos. Ellos saben más que atacarnos aquí. De hecho, hice que Lon, su líder, entendiera que nuestro pueblo es seguro. Él me dio algunos consejos que quiero compartir con usted. Él dijo, 'Si un mosquito te molesta, ¿usted no le da un manotazo?'

"¿Qué significa eso?"

"Significa que permitimos a Tong que continúe funcionar como salvaje, asaltando nuestras partidas de caza y matar a nuestros hombres, y hacemos nada".

"¿Qué sugiere tu mentor salvaje?"

"Simple: ir tras de él y eliminar la amenaza de una vez para siempre."

"Hijo, me gustaría conocer esta salvaje."

Luego, Teru, Pelu y otros tres acompañaron a Lon y sus hombres en la aldea. Muchos pobladores salieron a ver la vista extraños. Afortunadamente para el, Lon y sus hombres, con su comprensión limitada de la lengua, les impidió captar el significado completo de los insultos y burlas. Los visitantes entraron en la choza del jefe y aceptaron de la comida y bebida. El jefe notó lo cómodo que su hijo estaba conversando con el líder salvaje a pesar de que hablaban titubeando en ambos idiomas, conmutación entre ambos lenguajes según era necesario.

El jefe no tenía idea a donde iba la conversación, ni tampoco lo que decían. Esperaba la traducción de Pelu. "Lon dijo que deberíamos enviar una partida de caza a la zona donde Tong ha atacado más a menudo. Después que los cazadores salen, debemos enviar refuerzos detrás de ellos. Él cree que espían nuestro pueblo. El espía ve cuando salen los cazadores y acomete a las Nors, que luego les tienden emboscadas después que han colectado bastante caza."

"¿Cómo sabe esto?"

"Primero, el sentido común. Él no es sólo un chamán sino un estratega en su pueblo."

"Un chamán?"

"Sí. Habla a los espíritus y pide por el buen tiempo, éxito en cacerías o batallas y otros sucesos naturales. Su gente cree que seres invisibles controlan todo lo que afecta a las personas y el mundo."

"He oído hablar de seres invisibles que controlan el mundo desde hace años, desde que era un niño, y que debe haber alguna explicación para la lluvia, la luna y las estrellas. Por qué vienen y van y por qué hay que sufrir a veces. Pero nunca he recibido una explicación o respuesta a mis preguntas. Las mayorías respuestas que me dieron fueron tal como las de él."

"Sí, padre. Eso es lo que ha dicho. Él no espera que las tormentas paren repentinamente, o que haya sólo días agradables para siempre. Pero intenta reducir los efectos y fortalecer a su pueblo para afrontar los momentos incómodos y disfrutar de los buenos. También trata de darles consejos. Advierte que no dependen de los espíritus que resuelvan todos sus problemas. Si tienen hambre, les dice que busquen fruta o atrapen un conejo. Los dioses no van a servir una comida a través de magia. La obligación del guía espiritual es llevar al pueblo en agradecer a los dioses y honrar con el fin de mantenerlos contentos para que ofrezcan el mejor clima y buena caza y mantenerlos más seguros. Los siervos obedientes o creyentes pueden mantener una vida mejor. Las creencias también hacen más fácil explicar cuando las cosas no van tan bien."

"Mejor tener otro alguien para quejarse de que yo, o cuando eres jefe. Dile que lo aprecio, y él es bienvenido en nuestro pueblo en cualquier momento."

"Creo que ya lo sabe, porque él entiende nuestro idioma mejor que yo el del."

Lon habló directamente con el jefe por primera vez. "Muchas gracias Jefe Teru. Agradezco tu invitación. Voy a hablar a mi jefe, y estoy seguro que su gente serán bienvenidos en nuestro pueblo también. Cuando más de nuestros pueblos aprendan a comunicar mejor, podemos hacer intercambio de culturas. Por ejemplo, puedo enviar uno de mis sacerdotes para presentarle nuestros dioses, y tal vez verás cómo conocer y comprenderles hará para una vida mejor."

"Mire alrededor de mi casa y a nuestro pueblo. Creo que estamos haciendo muy bien como estamos, sin la interferencia de criaturas invisibles."

Lon eligió cuidadosamente su respuesta. "Sí, jefe Teru. Que sus fortunas sigan creciendo, y que los Espíritus le guíen en la eliminación de la molestia de Tong y su vandalismo. Busqué orientación después de enterarme de Tong y su mal actúa. Mi espíritu de guerra, Ra, me presentó una visión de los hombres pintados a la fuga perseguida por sus valientes guerreros."

"¿Esa visión puede predecir lo que está por venir?"

"No, jefe, pero es uno de los posibles resultados si Ra se complace con los pasos de su gente."

"Así que si personas de Tong toman los pasos adecuados, su Ra puede aceptar a Tong como leal y pertenecer a su lado y conceder sus deseos?"

"Muchas lunas atrás, antes de que yo nací, mi abuelo Og fue elegido para recibir discernimiento espiritual. Comenzó a las doctrinas que hasta ahora siguen. Esta tribu es el primero fuera de nuestro propio que ha recibido la palabra de Og. No es posible que Tong y su gente hayan hecho descubrimientos similares. Su tribu ha hecho muy bien, así que debo asumir que usted y su gente ha complacido a los dioses con sus actividades o comportamiento. Simplemente estoy imaginando cuánto mejor su gran clan sería si usted reconoce los regalos de los espíritus. "

"Lon, tus palabras son interesantes. Hubiera sido un honor haber conocido a tu abuelo e intercambian historias. Dice Pelu que tu abuelo vivió muchas temporadas y era muy sabio. Me gustaría saber más de estos dioses. No veo cómo puede hacer daño".

"Estamos agradecidos por darnos la bienvenida y por sus amables palabras. Espero que algún día conocerás a mi padre, Tor. Él puede decirle más sobre mi abuelo y comprende los espíritus y sus maneras mucho mejor que yo".

C A P Í T U L O   2 2
CAMBIO DE EMBAJADOR

Lon y su banda pasaron una noche de descanso muy cómodo en el establecimiento hermoso de Pelu. En la mañana, Lon propuso una idea a Nito. "Nito, si el padre de Pelu es agradable, ¿te gustaría alojarte aquí por unas cuantas lunas para aprender bien el idioma, estudiar la cultura, e introducirlos a nuestros espíritus? Creo que han pensado los misterios inexplicables de la naturaleza. Tal vez puede iluminarlos, o al menos dirigirlos en esa dirección."

"Sí, Puedo quedarme. ¿Pero no te refieres a en *nuestra* dirección?

"Hmm, tienes razón. Permíteme hablar con Pelu a ver si le interesa la idea. Ten mucho cuidado y no seas demasiado insistente. Va lento, deja que las palabras hiervan a fuego lento y agregar más, sólo después de las palabras anteriores queden absorbidas o digeridas. Esto es un deber de toda la vida. No hay necesidad de explicar todo de una sola sentada. Establece el anhelo por más detalles. Mientras más preguntas hacen, más crecerá su interés".

Lon le presentó la idea a Pelu, que quedo de acuerdo, pero agregó una condición. "Llévate uno de nuestros jóvenes contigo. Para que también le enseñe su lengua y le permite experimentar cómo vive su gente. Va a ser un intercambio justo."

"Eso sería genial. Habla con su padre. Si está de acuerdo, mi banda regresara a nuestro inicio con el afortunado joven que selecciona."

Poco tiempo después, Pelu se reunió otra vez con Lon y presentó a Neru, su hermano menor, como el joven afortunado seleccionado para gozar la aventura de su vida. Lon quedó impresionado con el muchacho, que mostraba la confianza y un genuino interés en viajar. El viaje proporciona aprendizaje y oportunidades de vinculación para Lon y Neru.

Llegó el momento de volver al hogar. Lon pidió una escolta y recibió una grande y bien armada para acompañarlos hasta que estuvieran un día completo de la Villa. Cuando se encontraron sin armamento de compañeros, salieron varios senderos falsos para confundir cualquier seguidor. Lon dijo a su grupo que tenía confianza en Pelu pero no estaba tan seguro sobre el jefe u otros miembros de la tribu. Durante la larga caminata, Lon pasó cada momento de vigilia instruyendo a Neru y agregar más palabras a su vocabulario extranjero. Él descubrió que Neru era muy inteligente y con gran deseo de aprender. Durante el viaje, desarrolló una relación cercana y que Lon esperaba sería beneficiosa para ambas tribus en el futuro.

Lon aprendió que la gente de Neru se llamaban Croms, y que hace muchas lunas habían llegado desde el sur como exploradores. No dejaron su país natal debido a grandes dificultades, pero para explorar y ver que más había en otras áreas. Su abuelo le había mostrado dibujos de muchos animales extraños que no existían en esta zona. Dijo que algún día le gustaría regresar a las tierras de su pueblo de origen. Lon dijo: "Si sigue haciendo más frío, quizás todos nos tenemos que ir."

Además de enseñar al niño un nuevo lenguaje, Lon también lo inculco de nociones espirituales para comenzar su adoctrinamiento en el mundo de dioses y seres etéreos menor. Neru parecía escéptico en el principio, pero por respeto al hombre más viejo, él escuchó atentamente, hizo preguntas frecuentes y gradualmente gano aceptación. Cuando llegaron al pueblo de Lon, Neru era casi un acólito.

El viaje él mismo no fue extraordinario, pero bien instructivo. Lon y Neru desarrollaron competencia en sus respectivas lenguas y de otras culturas. Neru beneficio de lecciones de acecho y caza de Po y Lon. Los mayores aprendieron acerca de la pesca, que rara vez o nunca practicaban. Los Croms generalmente construían asentamientos cerca de ríos o lagos y dependían de pescados y mariscos, aunque no tanto como la caza que se encuentra en el bosque. También cultivaban los comestibles, incluyendo tubérculos.

Lon decepciona un poco que el grupo no encontró ningún oso gigante o macairado, no por un deseo de enfrentar el mayor peligro, pero (tal vez perversamente) para probar la valentía de Neru o para mostrar su propia. Aunque viajaban tranquilamente, hicieron buen tiempo porque ellos no encontraron las condiciones adversas de clima u otras situaciones peligrosas.

Como en el pasado, los miradores emplazados en las colinas alrededor del perímetro de la aldea vieron su enfoque cuando se acercaba a la aldea. Una recepción de bienvenida de diez aldeanos, esta vez liderada por Ato y Tor, conocieron a la expedición cerca del borde de la liquidación. Neru atrajo el foco de atención. Se quedó cerca de Lon, donde se sentía más seguro en medio de toda esta gente extraña. El primer paso de Lon fue tirar a Tor y Ato a un lado por un breve tiempo para informarles que el muchacho entendía su idioma y debían esperar a que estaban solos antes de hacer preguntas y reaccionando a o divulgar información privada.

Primera pregunta de Tor refiere el paradero de su hijo Nito. Lon respondió, "Hicimos un intercambio. El hijo menor del líder de los Crom por Nito"

"¿Qué? ¿Usted negoció a mi chico por un extranjero?"

"No, tío, no tanto como así. Él eligió quedarse por unas cuantas lunas para aprender todo lo que puede sobre su lengua, cultura e incluso sus planes a largo plazo. Neru está aquí por la misma razón. Dos altos miembros tribales viviendo en compañía del otro pueden ayudar a hacer que la relación resulte en gran éxito."

"¿Él podría estar en peligro?"

"Yo no lo creo. Es el invitado personal de Pelu, hijo del jefe y el hombre que Po y yo salvamos de las garras de un oso gigante. Nos convertimos en amigos cercanos pronto después de ese incidente. Nito es también el único aparte de mí que podía impresionarlos con nuestros valores espirituales y guiarlos en ese camino".

Tor sonrió interiormente, comprendiendo el propósito verdadero de su sobrino, pero él no pregunto más en compañía de otros. Tenían mucho que hablar en privado.

C A P Í T U L O 2 3
EXTRAÑOS EN TIERRAS EXTRANJERAS

Al entrar en el pueblo, Neru se quedo cerca aún más a Lon cuando se encontró rodeado por la mayoría de los habitantes de la aldea, que tenían más de curiosidad por el extraño visitante. Tor miró a Ato, que entendió el mensaje sin palabras. Ato ordenó a los curiosos y manoseadores a apártese o volver a sus funciones. La multitud fue dispersada, facilitando la creciente preocupación del joven visitante.

Tor dirigió al niño nervioso. "Neru, estáncate cerca de Lon por ahora. Pronto la gente se acostumbrará a ti, y será como si siempre ha sido parte de sus vidas. Estoy seguro que mi hijo Nito está experimentando las mismas preocupaciones que tu. Relajarte, y tu estará bien. Pero si tienes cualquier dificultad con alguien, díselo a Lon, jefe Ato, Po o a mí. Mejor aún, debes conocer a mi hija Mina. No se deje engañar por su edad o tamaño. Puedes estar seguro de que mientras estés con ella, ni siquiera el hombre más duro de la aldea se atreva a mirarte amenazantemente".

"Entiendo. Yo también tengo que acostumbrarme a los cambios en mi vida y aceptar a su gente como yo lo hago con la mía. Mina es la que derribó un diente de sable, ¿verdad? "Sí. Ven a mi cueva después de descansar. Puedes encontrarte con ella allí; también, mi madre y mi pareja tienen algunos regalos para ti.

A pesar de la facilidad de su viaje de regreso, el partido todavía estaba cansado y durmió durante el resto del día hasta la mañana siguiente. Al levantarse, todos fueron a la cueva de Tor, donde Su y Nia le dieron a Neru un collar de cuero adornado con iconos dorados de Alu, el líder espiritual, y Ka, el espíritu de los cazadores. El chico agradecido brillaba de placer, diciendo que nunca se lo quitaría. También conoció a Mina y ambos accedieron a pasar algún tiempo juntos para que ella pudiera aprender su idioma y, a su vez, él aprendería de ella.

Lon dijo, "ustedes nunca hicieron uno para mí".

Nia respondió, "Usted nunca trajo nada al comercio."

"Él no trajo nada tampoco."

"Sí, él trajo", dijo Su. "Él trae misterio, sorpresa y una sonrisa".

Tor gozo el intercambio sarcástico pero amable, pero necesitaba tener una conversación en serio con su sobrino. Pusieron a Po en cargo de escoltar a Neru por los alrededores de la aldea mientras que tío y sobrino dieron un paseo en el bosque para discutir preguntas y respuestas.

"Ahora, Lon, Cuéntame lo que pasó. No necesariamente desde el principio, pero desde el momento en que encontró a Pelu y su banda".

"Los encontramos unos diez días más lejos de nuestro pueblo que cuando los descubrimos por primera vez. Eso significa que fueron alimentándose más lejos de su base. Hice lo mismo como lo hicimos en nuestra incursión, por lo que no hay nada nuevo de decir allí. Perdimos el sendero debido a una tormenta, pero pareció otra vez. La primera gran diferencia fue su batalla con los hombres pintados. Son los que nos debemos preocupar. Son intrépidos, brutales e implacables, y llevan ningún prisionero. Matan a todos. No había ninguna opción excepto observar la masacre. Tomamos acción sólo para perseguir al herido Pelu después de que los asesinos ignoraron su escape.

"Quizás el evento más emocionante fue ver a Po darle el golpe mortal al oso. Meras palabras no pueden describir su salto detrás de la bestia y su extraordinaria puntería. Había que estar allí para apreciar su habilidad y valentía. El oso hubiera matado a todos nosotros si él no estuviera allí. Todos nosotros allí nos quedaremos siempre agradecidos por lo que hizo. Aunque yo azote el primer golpe, dejé que Po cogiera la cabeza y piel como trofeos."

Lon permaneció tranquilo durante unos instantes, siendo cautivado por ese minuto emocionante que definiría para siempre su deseo de aventura y su amor de la vida.

Tor lo liberto de su estupor fascinado con un ruidoso, "¡Oye!"

"Oh, lo siento. No pude evitar revivir el episodio. Parece que me persiguen incluso cuando despierto. Déjame continuar. Luego se estableció en un viaje sin incidentes a su pueblo. Nos preocupaba que el hombre rojo y sus salvajes podían encontrarnos, pero tomamos precaución de mas subiendo árboles cada cierto tiempo para explorar por delante y evitar la sorpresa.

"Espero que algún día usted verá su aldea. Nuestro pueblo puede caber en su interior muchas veces. Hay mucha gente que podrían destruirnos en un ataque de toda la fuerza. Esa es una razón por qué Nito y yo decidimos alimentar nuestra amistad. Es mejor tener aliados que enemigos. También puede que necesitemos su ayuda si los pintados algún día encuentran nuestro pueblo.

"Nito también pretende introducir a nuestras creencias espirituales. Tenemos más en común que simplemente tener el mismo número de brazos y piernas. Tío, hay otras cosas que me preocupan. Son más avanzados que nosotros. Sus chozas no son endebles chozas de paja pero sólidos, de madera y de barro. Había equipos de construcción de muros en zonas vulnerables y hombres armados en perchas mirando todo el tiempo. No sufrirán ataques de sorpresa. La media miembro tribal parece ser más inteligente que nuestro pueblo".

"¿Qué dijiste?"

"Por favor no te enojes, tío. Sabes que, mi madre, otros miembros de nuestra familia cercana, y nosotros somos diferentes a otros en nuestra tribu. Debe ser por abuelo Og. Era más saludable, más viejo y sabio que nadie que nuestro pueblo ha visto alguna vez. Él también comenzó a enseñar a ti y a Nia desde el momento en que apenas podían caminar. Usted hizo lo mismo para Atu y Nito, y mi madre comenzó mi educación temprano también. No puede ser que seamos más inteligentes que los demás, pero que tenemos un buen comienzo. Puede ser que pensáramos y resolvemos problemas más rápido."

"Sabes, Lon, Og sospechaba de lo mismo. Siempre supo que él era inusual, aunque nunca dejo que los otros realizaran que él era diferente. Por lo menos, no hasta que se puso demasiado viejo para cazar e inventó los espíritus fuera de la desesperación y el deseo de sobrevivir. Él no tuvo hijos con sus dos primeras compañeras; de lo contrario, su situación podría haber cambiado antes. El cambio en situaciones de la vida puede haber sido muy interesante para nuestro querido viejo, pero si hubiera tenido hijos antes con cualquiera de sus anteriores parejas, nosotros no estaríamos aquí ahora."

"Nunca lo pensé. Supongo que nos hace afortunados, o tal vez los dioses lo planearon de esa manera." Después de reírse un poco, Lon siguió, "Tal vez, pero, ¿Sería eso algo que abuelo quisiera que creamos?

"No Lon, no le gustaría. Y ninguno de nosotros creemos eso, pero sería un buen sujeto para explorar en el futuro. Ahora, tengo que hablar con Ato."

Tor se reunió con Ato para explicar el peligro de los hombres pintados y ayudar a hacer planes si descubren la aldea. Los guardias de colina recibieron instrucciones detalladas y se les dijo que estuvieran especialmente alertes por los hombres que parecían como Neru pero con el cuerpo pintado y el cabello más claro.

En el tiempo que vino la luna nueva, Neru se sintió lo suficientemente cómodo como para pasear por el pueblo sin un protector. También estaba lo suficientemente seguro de unirse a las fiestas de caza, y lo más importante, desarrolló una amistad con la hija de Tor, Lia. Las diferencias de apariencia ya no importaban a Neru y a la gente del pueblo. Todavía encontró tiempo para pasar con Mina, ya que ella estaba ansiosa por obtener dominio en el nuevo idioma. La parte más interesante y algo cómica cuando caminaba con la joven fue cómo otros se apartaron cuando se acercó. Parecía ser por respeto y admiración, no por miedo.

En el lejano pueblo de los Crom, Nito también llegó a ser más activo en el pueblo extranjero. Sus andanzas alrededor del campamento ya no atrajeron miradas extrañas. No era ahora más interesante que cualquier otro aldeano. Sin embargo, fue extremadamente sensible a su entorno y absorbo cada chispita de información que llegaba a sus oídos y los ojos. Incluso su sentido del olfato se mantuvo muy activo, saboreando los aromas de los alimentos extranjeros a los que llegó a acostumbrarse. Pelu había sugerido que otros hermanos asistieran a Nito cuando él era atraído a otras actividades de la aldea. La escolta favorita de Nito era Fela, hermana menor de Pelu. Los dos se hicieron buenos amigos y mientras más se comprendían, más tiempo pasaban juntos

Desde la distancia, la aldea de Pelu estaba bajo observación diaria. Los espías se encontraron fascinados sobre el extraño visitante en la aldea y le informaron a Tong. Partidas de caza de Pelu ahora eran más grandes en número, y ya no era prudente atacarlos. Invadir el pueblo era imposible debido a la mayor cantidad de guerreros y de las precauciones tomadas para evitar la sorpresa.

Tong y su banda no tuvieron otra opción sino cazar para ellos mismos. Quizás con esperanza de confrontar algún partido infrecuente y pequeño que cruce través de su camino.

CAPÍTULO 24
REGRESO DE NITO

Cuando la luna había completado tres ciclos, Nito le dijo a Pelu que ya era hora para él volver a su familia y enviar de nuevo a Neru. Pelu arreglo para que una gran fuerza hiciera el viaje para asegurar un retorno seguro de ambos joven embajadores.

En el día de salida, espías de Tong señaló la actividad exagerada y enviaron un corredor para transmitir las noticias. Tong llegó a investigar a sí mismo y determinó que no se trataba de ningún partido de caza típica. Parecía planeaban viajar lejos. Él asumió que sería llevar al forastero extraño a donde había venido. Tong estudió el escenario y consideró posibles acciones. El grupo era demasiado grande para atacar y cargaba nada de valor. Él decidió seguir. Tong escogió sus tres mejores pisteros para seguir la banda detrás y en secreto. Les dijo a sus tropas restantes que dejaran de observar el pueblo y que construyeran su propio campamento permanente para esperar su regreso. "No hay redadas mientras estoy en la misión", les dijo. "Cacen para sus propias necesidades. No sé hasta dónde vamos a viajar, y no tienen forma de saber cuánto tiempo estaremos. Simplemente esperen."

No había manera para que una tropa con tantos guerreros viajara sin dejar una pista clara. La banda no tenía ninguna necesidad de alojarse cerca o preocuparse de perder el camino. No había riesgo de descubrimiento.

La asamblea de Croms era audaz por cuenta de su número, y no hicieron ningún intento de subterfugio y procedió con la mínima precaución. Cazaban y colectaron frutas en el camino. No había ninguna escasez de alimento, haciendo que su viaje fue más agradable si no rápido. Hicieron buen tiempo, y en casi una luna, se acercaron al territorio de Nito.

Los observadores en la colina espiaron el partido grande desde la distancia y bajaron corriendo a alertar a Ato. El jefe reunió a un gran número de guerreros. Acompañado por Tor, partió a reunirse con el grupo que se acercaba. Tor sospecho que era la gente de Neru y lo llevó a lo largo. En fin intervalos, Neru trepó árboles para ver mejor. Después de la tercera subida, dijo emocionado, "Tor, es mi hermano Pelu y su hijo Nito". Tor se recordó de un pequeño claro a lo largo de su ruta y optó por esperar allí para evitar asustar de repente la muchedumbre que se acercaba en el espeso bosque. Los dos más reconocibles, Neru y Po, sería lo más evidente para los visitantes. Pelu y Nito también llegaron a la misma conclusión mientras marchaban delante de sus propios grupos.

De la copa de un árbol no muy lejos, los ojos más atentos pertenecían a Tong. Observaba con gran interés, cuando vio a dos tribus muy diferentes, pero reuniendo como si fueran amigos que no se habían visto por mucho tiempo. Tong estaba desconcertado pero intrigado. Ahora el seguimiento tuvo que continuar, pero con más sigilo y astucia. Él exploró el área en la dirección que era la destinación que le esperaba a las dos tribus unidas. No se sorprendió al notar miradores sobre tres colinas. Él considero trepar las colinas furtivamente para matar los guardias de las colinas, pero no sería prudente en este momento. Él ordenó a sus hombres a familiarizarse con el terreno y las posiciones de los observadores publicados. Esa información sería importante cuando regresaran con el ejército entero.

Circundaron las colinas, y restantes de otros puestos de guardia. Parecía que esperaban un acercamiento desde una única dirección. *Qué afortunado*, pensó Tong. El ruido del pueblo alertó a los acosadores de su ubicación. Encontraron un nicho seguro ocultado a la vista de su oponente, y se asentaron en posiciones defensivas. Contaron a los hombres, buscaron escondites de armas y evaluaron fortificaciones y puestos de guardaparques. Sería fácil poner al fuego las chozas de paja No era posible destruir las viviendas de cueva. Una estrategia para atacarlas era esencial.

Mientras el enemigo miraba y maquineaban, las familias reunidas intercambiaron saludos y repartieron noticias. Tor, Pelu, Ato, Nito y Neru caminaron lejos de la conmoción en el centro del pueblo para discutir las futuras relaciones de ambas tribus. Estaban demasiado alejados para participar en cualquier forma de comercio o trueque regularmente, pero esperaban mantener un contacto de algún estilo. Pelu dijo, "Creo que Nito desee volver con nosotros. Él y mi hermana son... amigos íntimos."

"Interesante", dijo Tor. "Su hermano Neru se ha apegado a mi hija Lia".

Los muchachos sufriendo un poco de vergüenza se miraron uno al otro y solamente podían no más que una sonrisa humilde y rubor. El rubor era menos evidente en el más peludo Nito.

Tor y Pelu quedaron intrigados, pero no sorprendido que los dos muchachos charlaran como expertos en un, o el otro idioma sin tropezar sobre las palabras o dudas notables. Era una buena señal que beneficios mutuos eran una clara posibilidad. Los dos líderes entendían que el primer paso en cualquier alianza era comunicación. Obviamente, conversación había mejorado la cooperación e interrelaciones. Cualquier temor que anteriormente las diferencias aparentes podrían ser obstáculos a la convivencia fácilmente se disiparon después de presenciar la conexión casi instantánea entre los dos jóvenes.

Pelu y su gente se alojaron por una semana para recuperarse del largo viaje y reunir suministros para el viaje de vuelta. La polémica sólo giraba en torno a los dos muchachos embajadores, Nito y Neru. Nito era mayor, casi un hombre y era tiempo de formar una familia. La decisión de dejar su pueblo y reunirse con Fela era más fácil. Neru era más joven y le hacía falta su familia de la Crom, pero también no quería estar aparte de Lia. Tor comenzó a preguntarse si había ganado a un hijo o perdido a una hija. La respuesta era obvia: su hija decidió ir con Neru.

Tong notó que la Crom planeó su regreso, y decidió que era mejor salir un día por delante para que no se necesitara perseguir al grupo más grande. Él y sus tres hombres podrían viajar más rápido siguiendo el rastro dejado por el grupo grande en rumbo al pueblo de los hombres extraños, no hay preocupaciones sobre dejar signos porque se mezclaban los temas salientes con los entrantes.

C A P Í T U L O 2 5
SIGNOS DE PELIGRO

El grupo grande partió con el sol de la mañana. Pelu ahora tenía una nueva hermana y un hermanito muy feliz. Ordenó a sus guerreros a protegerla a toda costa.

Varios días en el camino Nito y Neru se encontraron charlando al frente de la marcha. Estaban muchos pasos por delante del grupo principal que los seguía cuando Nito se detuvo de repente. Sus ojos agudos y la habilidad como un rastreador notaron algo raro en la ruta que seguían. Vio pasos en la dirección opuesta pero no eran la única pista. "Neru, corre hacia atrás y busca a Pelu, rápido!" dijo Nito.

La emoción de Neru incitó a Pelu a mayor velocidad. A su llegada, Nito compartió sus hallazgos, "Mira huellas frescas hacia el este. Mira las hojas: tienen pintura amarilla en ellas y cepillado en la misma dirección. Los hombres pintados estaban aquí y iban de esta manera."

"Tienes razón. Parece que cometimos un gran error de no cuidar nuestra espalda cuando veníamos. Nos seguían a su pueblo y ahora se apresuran a su propio campo."

"Se ve así," dijo Nito. "Parece que fue un partido muy pequeño no más de los dedos en una mano, a menos que el rastro más grande que dejamos ha oscurecido el paso de aquí para allá."

"Pueden viajar mucho más rápido que nosotros. No podemos alcanzarlos, pero nosotros debemos tener prisa de todos modos. Enviaré a dos hombres a tu pueblo para que avisen a Ato y Tor. Va a ser muy difícil, pero tenemos que retroceder con muchos hombres para defender a tu gente y familia".

"No, sólo un hombre tiene que ir ahora. Yo no puedo abandonar mi pueblo. Dígale a Fela que lo siento, pero volveré a ella más luego."

Con esas palabras, Nito salió, acompañado por uno de los guerreros con insistencia de Pelu. Tomaron restos muy corto y regresaron en la mitad del tiempo que se echaron para llegar al punto del descubrimiento.

Jefe Ato, Tor, Lon y Nito discutieron varias estrategias para la defensa. Tor explico, "La devolución de los hombres pintados se tardaría por lo menos una luna llena para volver de donde vinieron. Puede que regresen a la aldea en quizás una luna y media, dependiendo del tamaño de su fuerza."

Ato le preguntó, "¿Cómo esquivaron nuestros observadores en las colinas?"

Tor dijo: "Ellos seguían la unidad de Pelu, así que para evitar el descubrimiento, probablemente mantenían pista de otra colina o copas de los árboles y vieron los guardias a distancia. Una vez que sus posiciones eran conocidas, era fácil simplemente evitarlos."

Por muchos días, actividad del pueblo era casi sin parar. Mujeres, niños y hombres mayores construyeron flets, arcos, lanzas cortas y largas. Doblaron la guardia de noche y fuegos se mantuvieron encendidos toda la noche. Partidas de caza aumentaron en número. Más alimento fue almacenado en caso de una guerra interminable. Las aldeas vecindarios también tomaron pasos urgentes en preparación. Corredores tomaron posiciones en plataformas altas en árboles. Si una aldea sufría un ataque el corredor más cercano era obligado a ir á un pueblo colindante para obtener ayuda.

Nito aseguro a Ato que Pelu volvería con suficientes guerreros a prestar ayuda. Ato le preguntó, "¿No se quedaría su pueblo en peligro de ataque?"

"Tal vez", dijo Nito. "Pero su pueblo es muy fuerte, y tienen muchos guerreros. También Tong y su fuerza vendrá aquí primero".

CAPÍTULO 26
SALVANDO LA FAMILIA

El pueblo de Ato estaba listo, pero el jefe no apreció verdaderamente la astucia y habilidad en la táctica de guerra de Tong. Tor había rogado por patrullas de largo alcance de varios hombres en varias direcciones para evitar más sorpresas Ato se negó, diciendo que todo hombre se necesitaba en el pueblo. "Además," Ato dijo a Tor, "usted puede hablar con los espíritus. Le pides que nos mantenga seguros."

Tor se fue, ligeramente sacudiendo la cabeza y preguntándose si había creado un monstruo por hacerle creer que los inexistentes dioses, nacidos de la imaginación de Og por arte de magia, bajarían para ayudarles en la batalla de su pueblo.

Los creyentes no pudieron aceptar la lección de que las súplicas solas, sin acción, significaban nada. Se debe actuar. Pidiendo una buena caza no substituyó realmente con salir a cazar. Reunió a su familia y les dio un conjunto de instrucciones. Si Tong y sus hombres brutales atacan y parecía que detenerlos era imposible, los miembros de la familia tenían que tratar de escapar. Un intento de fuga posible es mejor que una muerte segura.

"¿Hacia dónde vamos?", preguntó su esposa, Tia.

"Todos ustedes saben donde llevamos a Og en sus últimos días. Es tierra árida, donde no hay agua o caza. Ningún cazador o guerrero iría allí. Allá es donde nos reuniremos. Lleven sólo un arma, una bolsa de agua y alimento suficiente por al menos unos días. Esperen no más de dos días. Después de eso, deben estar seguros de que queda nadie vivo de nosotros. Después del segundo día, caminan hacia el este en busca de la aldea de Crom. Eso es lo mejor que podemos esperar. Algunos de ustedes no saben la tierra de que me refiero, pero Nia si, y ella puede guiarle. También Mina ha explorado bastante terreno en los alrededores."

Los nietos y sobrinos más jóvenes, no todavía mayores, protestaron. "Pero, Tor, Somos guerreros también y queremos hacer nuestra parte".

"Lo sé, y ustedes tienen un trabajo importante. Su parte es proteger a sus hermanos y su madre y para asegurar su futuro. Es un trabajo bastante grande para cualquier guerrero. No es una cosa segura que el escape sea necesario. Si la batalla no va bien, les daré una señal para que ustedes puedan salir con tiempo. Si estamos ganando, no se nescitan señales."

Mina habló de repente, "¿por qué dejaron que yo y otras mujeres aprender a usar arcos y flets si no podemos participar a la batalla?"

Tor dijo: "Tus habilidades todavía pueden ser necesaria para proteger a la familia durante su escape de un pueblo condenado al fracaso. Los comprometidos en la lucha principal no sean capaces de cubrir su espalda. Los más jóvenes necesitan un líder si se encuentran en dilema, y no hay nadie mejor que tu."

Mina respondio: "Gracias padre, no te desilusionare."

Nia dijo: "Padre, supongamos que la batalla no va bien, pero no puedes dar la señal".

"Buen punto. Atu, quiero que te quedes cerca de esta cueva. Si no puedo señalar, tú debes tomar la decisión. Un buen líder también debe saber cuándo retirarse".

De acuerdo Atu, y toda la familia comenzó a preparar lo que sería necesario si el escape se convirtió en la única opción.

Atu, Nito, Lon y Tor se reunieron con frecuencia durante los próximos días. Ellos querían examinar todas las posibilidades que podrían pasar. Tor le habló primero a su hijo mayor. "Atu, vas a tener gran dificultad en combates contra guerreros feroces con sólo un brazo bueno. Tu eres mi primer hijo y ha servido la práctica de sacerdote más tiempo que Nito. Tu trabajo es preservar nuestro legado y creencias y mantener las palabras de Og viva en el consiente de todos. Pasar para adelante toda tu sabiduría a los jóvenes y que quizás algún día puedan seguir el mismo camino en el futuro. Ya te di las instrucciones para escapar a la montaña de Og si la invasión tiene éxito.

"Nito, sé que eres valiente, pero no debes llevar la valentía a la locura. Cuando era joven, Og me permitió ir a la batalla, pero me aconsejo que me quedara cerca de Ato y sus mejores guerreros. Quiero que te mantengas cerca de Po, que es incluso mejor guerrero que Ato. Si la guerra no se ve bien para nosotros, retírate de la batalla. Únete con al resto de la familia en su escondite. Sería mejor si uno o ambos de ustedes escolten a la familia a un lugar mejor y que presenta una vida más segura. Haré lo mejor que pueda para estar contigo, pero en esta situación, soy un mejor guerrero que un sacerdote. Mis súplicas a los dioses no le harán daño a ningún enemigo, pero que mis flets y lanza sí. Cuando la lucha se inicia, ustedes dos hagan lo posible para estar en los alrededores de mi cueva. La familia se moverá de allí a la primera señal de ataque. Si tienen que huir de pronto, cubran su salida hasta que queden bastante lejos. Recuerden que su primer deber es protegerse ustedes mismos, entonces su familia y luego la tribu. Su lealtad pertenece al grupo más pequeño con quien asocia o llama su propio. Preparen un paquete de salida con armas, alimento y agua y guárdenlo en algún lugar a lo largo de la ruta de acceso a la última morada de mi padre. Estaré con Ato y Kor por el resto del día. Que los dioses los favorezcan." Todos ellos se rieron de la bendición hueca y Tor pasó a hacerse cargo de sus funciones.

Tor encontró a Ato y Kor en un humor amargo. Tenían miedo y con buena razón. Tor encontró difícil la tarea trabajo de fortalecer sus espíritus y darle cierta comodidad y esperanza. Él sentía lo mismo, pero había dominado el arte de ocultar los sentimientos y emociones. Un altavoz para los dioses no podría demostrar miedo.

"¡Ato, Kor, Quieto! Preocuparse ahora no hace ningún bien. Muchas personas pierden tiempo preocupándose por lo que podría suceder. Si no se produce el evento temido, se desperdicia todo ese tiempo. Si realmente ocurre, el acto de preocuparse no hizo nada para evitarlo. Así que ¿por qué preocuparse por lo que podría ser? Es mejor planear varias posibilidades. 'Si esto sucede, hago eso. Si eso ocurre, hago esto.' Es más productivo planear que perder tiempo lamentando, preocupándose o quejándose."

"Es indudable que el enemigo se acerca. Lo que hacemos ahora determina si nuestro pueblo sobrevive o perece. Es mi obligación de informar a usted, jefe Ato, pero usted debe tomar las decisiones difíciles. Kor, tu deber es añadir tu opinión si crees que nos falta algún detalle. En primer lugar, ¿qué sabemos? Vienen los hombres pintados y son asesinos eficientes. Ellos no muestran misericordia; matan a todos y se llevan lo que quieren. En segundo lugar, ¿qué hacemos? Contamos con puestos de observación. Sugiero que las aumenten. Un grupo de hombres debe permanecer despierto toda la noche dentro del pueblo, dispuesto a confrontar la primera ola de ataque. Podemos poner a nuestros mejores arqueros en posa en árboles para disparar flets hacia el enemigo".

"¡Un momento!", gritó el jefe. "Creo que estamos listos para defender la aldea ya que siempre lo hemos hecho. También contamos con la ayuda de los espíritus con quien tu habla todo el tiempo."

"Dioses no tienen interés en lo que para ellos son disputas mezquinas entre la gente. Ellos se preocupan sólo por controlar la naturaleza, los sacrificios que ofrecemos y recibir adoración. Todo lo que un sacerdote puede hacer es impedir que se enojen demasiado y manden la destrucción de todos nosotros. En una guerra, no les importa quién muere. Los dioses favorecen a los vencedores."

"Kor y yo estudiaremos sus sugerencias más tarde. Nos estamos uniendo a la caza hoy."

Decepcionado, Tor se alejó hacer planes del mismo para salvar a tantos como sea posible.

CAPÍTULO 27
LA MARCHA A LA GUERRA

Tong y su partido pequeño hacen tiempo excelente. El líder rojo había maquinado y trazado durante su viaje. El comenzó a aplicar los planes inmediatamente después de llegar en el campamento temporal. El primer paso fue enviar corredores al campamento permanente de su tribu y volver con todos sus guerreros. Entonces envió partidas de caza para preparar una fuente de alimento para sostenerlos durante su próxima cruzada. Él deseó reducir al mínimo la necesidad de cazar durante ese tiempo.

El ensamblaje de Pelu también apresuro, pero debido a sus números, no pueden viajar tan rápido. Al llegar a su pueblo, le explicó la situación a su padre, pero Teru no comparte con su sentido de urgencia. Pelu se hecho varios días de súplica que en momentos se acercaba a ser irrespetuoso para convencer al líder de la Crom que la gente de Nito necesitaba ayuda. El convincente argumento puede haber sido el recordatorio que Lon le había salvado la vida. Pelu sospecha que era el aspecto de Lia y los amores de Neru que había preocupado a su padre.

El ejército de Tong se movió hacia fuera dos días antes de la ensambladura de Pelu, una situación muy mala para el pueblo natal de Lia. Marcharon al oeste llevando únicamente armas y suficiente comida y agua para un viaje expedito y para muchos, unidireccional. Había poca necesidad de reunir más en el camino porque esperaban aumentar su carga a su capacidad máxima para su regreso a cuenta de la generosidad del pueblo despedido.

Pelu fue en la misma dirección con una fuerza de tamaño casi igual. También viajaron con debida celeridad, pero el enemigo tenía un comienzo adelantado y se movió más rápido.

Medio día de marcha desde el pueblo de Ato, Tong detuvo y envió a seis asesinos silenciosos para eliminar a los guardias en las tres colinas y otros escritos alrededor del perímetro, cuando llegaran a sus puestos de trabajo. El resto de los atacantes podría luego enfoque en el amanecer y no ser detectados.

Los tres jóvenes designados para el deber de colina se levantaron como siempre justo antes del amanecer. Comieron un desayuno simple y llegaron a su puesto asignado. Casi al mismo tiempo, verdugos de Tong degollaron a los sorprendidos observadores que llegaron a la base de sus respectivas colinas. Los tres desafortunados aldeanos asignados para patrullar las afueras sufrieron el mismo destino.

Descansados y recuperado del viaje la banda multicolor de Tong salió antes de que el sol se levantó. Planeo iniciar su ataque justo cuando el sol se asomó sobre el horizonte.

C A P Í T U L O 2 8
ASALTO DE PUEBLO

A la hora designada, Los soldados de Tong ingresaron el pueblo, para asesinar el más posible antes de que sus objetivos estuvieran totalmente despiertos. Afortunadamente para algunos miembros de la tribu, los perros que se habían acostumbrado a quedarse en la aldea levantaron una alarma de incesantes ladridos. Gritos mezclados con el clamor distinto de guerra despertó el resto de los guerreros y entraron a la batalla. Tong y sus hombres habían planeado encender a fuego a las chozas de hierba llenas de durmientes. No tuvieron la oportunidad. Tor vio a tres hombres encendiendo antorchas en las fogatas. Muesca un flet y tiro a un iniciador de fuego. Otro bajó por su lanza corta con la ayuda de un atlatl. Encontró el tercero en carga completa y lo envió a la muerte con su lanza larga. Po lo ensambló en el pueblo claro y espalda con espalda, enviaron cualquier hombre pintado que vino cerca de ellos.

"Po, encuentra a Nito," gritó Tor. "Lucha junto a él, protégelo. Yo estoy bien."

Ninguna respuesta era necesaria. Po se movió rápidamente para encontrar y proteger el hijo de su mejor amigo. Tor continuó luchando como un loco, disparando flets cuando tenía uno o dos segundos para muescarla y utilizando la lanza larga otras veces. Incluso utilizó las antorchas caídas cuando descubrió que la pintura que cubre los cuerpos de los salvajes se quema fácilmente.

Más de sus aliados se le unieron en el centro y pelearon de cuerpo a cuerpo. Él dio órdenes de atacar el hombre rojo, pero escoltas personales de Tong lo protegían bien. El líder rojo había dado una orden similar contra el Jefe Ato. Tor notó el creciente asalto a Ato y se trasladó a ayudar. Se las arregló para dejar volar tres flets en sucesión a los hombres que atacaban su jefe y amigo. Los tres objetivos cayeron de repente. Tor no tenía más misiles y vio con horror como Ato cayó a una andanada de golpes y puñaladas.

"¡Kor, ven conmigo!"Gritó Tor. Kor se desengancho y corrió al lado del sacerdote luchando. "Usted es el jefe ahora, Kor. No podemos ganar. Ayuda de otros pueblos puede estar en su camino, pero será demasiado tarde. Mejor salvar algunas de las personas que perderlas todas. Dar la orden de abandonar el pueblo."

Kor no protestó. Gritó la orden tan fuerte como pudo. Muchos cayeron durante el retiro, pero muchos más, si no todos, hubieran muerto si permaneciesen.

Lon, ensangrentado, pero sin inmutarse, apareció de ninguna parte con un puñado de flets y tomó una posición entre los atacantes y los miembros de su tribu huyendo. Disparó flets más rápido que cualquier guerrero en cualquier lado posiblemente pudiera. Mientras tumbaba al enemigo uno por uno, instó a su pueblo a alejarse. Un flet enemigo golpeó su brazo izquierdo. Fue un golpe de refilón, pero le obligó a dejar caer su arco y seguir luchando con el atlatl. Mató a tres hombres pintados más antes de Tor llegar para ayudarlo. Sin palabras y con un simple vistazo, ambos se dieron cuenta de la inutilidad de continuar una batalla que sólo puede resultar en la muerte de todos. Se volvieron y corrieron fuera de la aldea condenada. El enemigo no persiguió mucho; habían ganado, y era el momento de recoger su recompensa. No había ningún sentido de arriesgar sus propias vidas en un intento de matar a uno o dos más de los fugitivos.

Atu se dio cuenta casi desde el principio, que el pueblo estaba perdido. Le ordenó a la familia para salir como estaba previsto. Mientras salían, dos de los guerreros de Tong se aproximaron a ellos. Mina los vio venir y se preparo para enfrentarlos. Los hombres vieron a la chica definitivamente en pie en su camino y comenzaron a reír. Su exceso de confianza y su consanguínea falta de respeto para las mujeres de su propia tribu llevaría a su perdición. La risa paró abruptamente cuando una flet alanceado la garganta de uno. Mina tenía más flets y tiempo para usarlas, pero por alguna razón desconocida y sin pensarlo mucho, dejo caer el arco y escogió un arma secundaria. Recogió su hacha de batalla al su enemigo dar sus primeros pasos hacia ella. Su error fatal fue que creía que ella planeaba desafiarlo en combate mano a mano. Mina sabía mejor, ella había practicado mucho para este momento; con ambas manos en el mango se alcanzó para atrás con el hacha y la dejo volar. El filo del hacha fracturo el esternón del hombre en dos. Cayó al instante. Mina quedo un poco sorprendida al realizar que matar hombres era mucho más fácil que matar tigres.

La niña, ahora con experiencia real como guerrera y defensora recobro sus armas y siguió el camino de su hermano sin dejar de desconfiar de cualquiera de los atacantes desenganchado de la horda invasora. La joven estaba orgullosa de sus acciones y se dio cuenta de que ella estaba destinada a ser una líder, no seguidora. Algún día, ella sabía que tendría su propia tribu, donde las mujeres tomarían un papel mucho más importante en los asuntos de la aldea. Por el momento, ella puso a un lado sus sueños y se concentró en la protección de la salida apresurada de su familia.

La joven Guerrera vaciló, sintiéndose incompleta. Ella no nació para retirarse, sino para encontrarse con el peligro de frente. Ningún guerrero enemigo perseguía a su familia y su defensa de ellos ya no era necesaria. Mina tomó una decisión al instante. Ella decidió perseguir a los invasores y aunque no había manera de involucrarlos a todos en la batalla, podía seleccionar a unos pocos de distancia con flets bien colocados. El objetivo de Mina era una combinación de venganza selectiva y disminuir sus números en caso de que se reunieran de nuevo.

El victorioso Tong y sus merodeadores gritaron con placer cuando los sobrevivientes corrieron fuera de la aldea. Es sorprendente que los aldeanos no fueron perseguidos y sacrificados. Las próximas horas resultó en aún más sádicas. Todos los defensores caídos fueron empalados, aunque ya muerto. Chozas fueron quemadas, y hasta los perros sufrieron la muerte. Las cuevas fueron saqueadas. Encontraron tesoros de oro y plata en lo que una vez fue la cueva de Tor. Al parecer los hombres pintados también apreciaban las baratijas brillantes. Tong ordenó a su lugar tenientes para embalar todo lo de valor: abrigos, pieles, carnes ahumadas y otros alimentos. Quería salir de la aldea ardiente tan pronto como sea posible. Hacía calor, y pronto sería insoportable el hedor de la guerra y la muerte.

Había muchos guerreros y dejarían un sendero bien marcado. No había necesidad de que Mina se apurara. En el camino recogería flets desechados, otras armas, agua y provisiones para durar unos días. Sólo tomó un poco de tiempo para recoger el escaso de los atacantes. En ese momento Mina cambió de perseguir a toda prisa a perseguir con sigilo. Mina tuvo que viajar tan silenciosa como un abrir y cerrar de ojos y seleccionar sus objetivos con cuidado. En cualquier grupo grande, hay líderes, seguidores y siempre, rezagados descuidados. El descuidado o lento sería el primero en su lista. Vio a un hombre pintado solitario. Parecía fatigado. Su primer flet proporcionó descanso eterno. Mientras dejaba volar el misil, Mina se mezcló en el bosque. No había necesidad de seguir el vuelo de su misil silencioso pero mortal. Sabía que haría su trabajo. El vengador silencioso continuó su persecución, derribando a un enemigo tras otro. Después de los primeros pensó que era mejor volver y recuperar las flechas usadas. Al ritmo que iba, su suministro de flechas se agotaría rápidamente.

CAPÍTULO 29
SOBREVIVIENTES

Tor y Lon se dieron cuenta que su familia se había fugado hacia tiempo. Al darse cuenta que no había ninguna esperanza de prevalecer, dieron la señal predeterminada tan pronto como comenzó el ataque, sin saber que Atu ya había dado la señal.

Los guerreros y aldeanos que huían sintieron que estaban fuera de peligro cuando llegaron a la orilla de un rio una milla de lejos. Lavaron sus heridas, tomaron agua y se reclinaron a descansar un poco. Tor y Lon llegaron poco tiempo después. Antes de consultar con Kor, las lesiones de Lon necesitarían atención.

Tor dijo Lon, "estas cubierto en sangre. Lávate en el río y podemos cuidar de tus heridas".

"La sangre no es toda mía, tío. Tengo sólo un corte leve en mi brazo del último flet que me golpeó. El resto pertenecía al enemigo que mate con mi hacha y lanza corta. No sé si ayudó, pero le pedí ayuda a Ra mientras luchaba. Casi me hizo realmente creer."

"Probablemente ayudó, dándote más energía. No me ocurrió a mí pedir socorro de los dioses. Tenía la esperanza que Po apareciera. Su habilidad y su lanza serian más útiles que pedir protección con una mendicidad dirigida a lo invisible.

En ese momento, Kor se acercó y dijo: "¿y ahora, Tor?"

"Usted es el jefe. ¿Qué quieres hacer? "

"No sé. Este es mi primer día como jefe, y no tengo siquiera un pueblo."

"Todavía tienes miembros de la tribu. Con ellos, usted puede construir un pueblo mejor. Los pintados no permanecerán. Se llevarán todo lo de valor y volverán a su tierra. Usted no puede volver a nuestro antiguo pueblo. Hay demasiado muchos cuerpos para enterrar. Será inhabitable durante mucho tiempo. Este es un tiempo cuando debemos dejar que la naturaleza siga su curso. Carroñeros hará gran parte de la limpieza. Las tormentas y vegetación rastrera se encargan del resto con tiempo. ¿Hay un pueblo cercano donde puedes esperar que te ofrezcan bienvenida?

"Sí. Ba Es jefe y uno de tus sobrinos, Tun, comienzo su sacerdocio allí no hace mucho".

"Lo conozco bien, y mi sobrino Tun es confiable. Envía un corredor con la noticia de la batalla y preguntar si los sobrevivientes de la aldea pueden permanecer por un tiempo hasta que usted puede construir un pueblo nuevo. Siempre pregunte. Recuerde, usted no es jefe de ellos. No te quedes mucho. Busca un área que puede resolver tan rápido como puedas. Los visitantes son bienvenidos, agradable y soportable, pero sólo por un corto tiempo".

"¿Qué hará usted?"

"Ordené a Nito salir justo antes de que te dije lo mismo. No sé si recibió el mensaje. Tengo que encontrar a mi familia. Decidiré entonces qué camino voy a seguir."

Tor dijo sus despedidas. Sentía que había visto a Kor y lo que quedaba de su tribu por la última vez.

Él y Lon se movieron rápidamente en la dirección de la montaña de Og, donde tenía esperanza que su familia esperaba.

CAPÍTULO 30
VENGANZA DE MINA

Pelu detuvo su marcha cuando vio columnas de humo en la dirección de la aldea que vinieron a rescatar. Él sabía que era demasiado tarde. La gente de Nito no quemaría a su propio pueblo. Llamó a uno de los hombres que habían hecho el viaje anterior con Nito a su lado y le preguntó si había cualquier valles o grandes claros en la ruta hacia la aldea. Ayudó a que la ruta que siguieron fue bien marcada por varios viajes en ambas direcciones.

"Sí." dijo. "Menos de una de marcha de medio día adelante".

"Si, me recuerdo ahora. Esperamos allí, entonces."

Marchó al doble la velocidad al claro y acamparon en el bosque que casi rodeaba la llanura. Los hombres formaron un semicírculo frente a la ruta retorno previsto de Tong. Pelu asigno cuatro trepadores ágiles para escalar los árboles más altos de la zona y mantener la vigilancia hasta que relevado cada poca hora durante el día.

Temprano por la tarde en el segundo día, los cuatro observadores descendieron y avisaron a Pelu del gran contingente de fuerzas del enemigo que vieron.

La parte más ardua de la misión era esperar que el enemigo aparezca. Pelu instruyó a los líderes de grupo a esperar su señal antes de atacar. Él quería asegurarse de que la mayor parte de los hombres de Tong entraran por lo menos a mitad de camino en el campo antes de comenzar su asalto. También le ordenó a una parte de sus tropas a cerrar el círculo por detrás una vez que la batalla comenzó.

El exceso de confianza del hombre rojo en su poder y el número de hombres le impidió enviar exploradores por delante de su legión.

Aunque tentado, Pelu mantuvo su paciencia hasta que la emboscada tenía la mejor oportunidad de éxito.

Un fuerte "¡Kreeeh!" señaló el ataque. Lanzas y flechas volaron casi al unísono, seguido con una carga espantosa. Los merodeadores una vez jubilosos, aunque con gran experiencia y veteranos de batalla, se asombraron en la inacción. Su retraso, incluso aunque sólo sea por unos momentos, resultó fatal. Muchos murieron con sus lanzas todavía en sus manos, y sus arcos todavía sobre sus hombros.

La eliminación selectiva de los hombres pintados por parte de Mina se detuvo abruptamente cuando escuchó los sonidos de la batalla no muy por delante. Asumió que el rescate esperado de Pelu había atacado a la tribu de Tong Ahora esto era algo donde la sacerdotisa guerrera realmente podía mostrar sus habilidades. Ella abandonó toda semblanza de sigilo y se apresuró a unirse a la conflagración de cuerpo a cuerpo. Mina entró en la batalla por detrás. Ella arrimó su arco en la carrera y usó su jabalina para lanzar a todos y cada uno de los guerreros pintados en su camino. Matar no era totalmente necesario, una herida debilitante sería suficiente para incapacitar y sacar al guerrero herido de cualquier mayor participación. Temía que su padre o abuelo no apreciara o aprobara su presente deseo de sangre, pero el recuerdo de sus amigos y familiares asesinados en su aldea natal recientemente diezmada, elimino cualquier pensamiento o consideración de misericordia.

Pelu tenía un objetivo: El jefe pintado de rojo. Él voló a través de la multitud de combatientes enemigos, sin hacerle caso a su presencia y el peligro que suponían. Tong finalmente se acerco al jefe de la oposición y dispuesto a participar con él. Pelu sostuvo una corta lanza en su mano izquierda y un hacha en su derecha. Los dos jefes guerreros se aprecian mutuamente, ajeno a la lucha salvaje a su alrededor. Uno tiene que cargar primero. El análisis rápido de Tong de la contratación a su alrededor le obligo a dar el primer paso. Su mejor oportunidad era rápidamente matar a Pelu y hacer su escape. Pronto descubrió que matar a su oponente era tarea nada fácil.

Del mismo modo, Mina también tenía un objetivo principal. Vio a Pelu y Tong dando vueltas el uno al otro como lo harían dos tigres mientras luchaban por el territorio o una compañera. Su siguiente acción vino de los profundos recovecos de su ira. "Pelu, es mío. Mató a mi gente y es mío para destruir." Pelu estaba un poco sorprendido. Había oído hablar de las hazañas de Mina, pero tenía sus dudas de su oportunidad de éxito en una batalla con Tong. Sin embargo, algo dentro de él le dijo que no tenía elección. Dio un paso atrás y le dijo a la chica: "Es tuyo, pero te protegeré la espalda de cualquier entrometido". En un instante las palabras de su difunto abuelo, Og volvieron a ella. "Mina, has demostrado ser valiente y hábil, pero recuerda, no importa lo bueno que creas que eres, siempre hay alguien mejor. No dejes que el exceso de confianza te traicione. Conoce a tu enemigo, termina cualquier batalla rápida y preferiblemente desde la distancia."

Con esas sabias palabras en su mente, Mina no perdió el tiempo dando vueltas o gesticulando. Dejó volar a su jabalina y golpeó a Tong en el muslo derecho. "Ha, gritó el enemigo, su objetivo está apagado. Las heridas en las piernas no matan." "No, ella respondió, pero lo hacen ralentizar." Los combates en las cercanías se detuvieron y casi se terminaron mientras los guerreros de ambos lados se detuvieron para ver este aparente desajuste. Un jefe guerrero adulto confrontado por una simple niña. En un movimiento hábil, Mina desenganchó su arco, anotó un flet y lo envió al abdomen del hombre rojo que cayó de rodillas con un dolor agónico. Luego corrió al hombre conmocionado y gravemente herido, saco su hacha de batalla y dijo. "La mía es la última cara que verás." Dicho esto, separó la cabeza de Tong de su cuerpo.

Antes de que la cabeza de Tong dejara de rodar, Mina había dejado caer su hacha, anotó un flet y se preparó para seleccionar mas objetivos. Los hombres de Tong, después de ser testigos de lo imposible, no tenían interés en enfrentar a la niña demonia, ni el ejército de Pelu.

Pelu había sido casi hipnotizado durante la breve pero mortal lucha. Al regresar a la realidad, Pelu vio que la batalla era prácticamente en final. Los hombres de Tong corrieron hacia el bosque o se arrodillaban en señal de rendición. El jefe victorioso considero invitar a los vencidos a su tribu pero en cambio decidió dejarlos en libertad. Él no quería arriesgarse a que lo traicionaran en su propia aldea. Mejor dejarlos ir y matarlos luego si fueran tan tontos como para confrontar de nuevo a su ejército o a la joven guerrera.

Después de una breve celebración y obtener información sobre los sobrevivientes de Mina, Pelu encontró varias hembras de la tribu de Lon y secuestradas por Tong. Con la ayuda de Mina trató de aliviar sus temores y hacerlas cómodas. Había aprendido gran parte de su idioma durante la visita de Nito. Las mujeres le hablaron de la incursión y destrucción de la aldea, pero agregaron que algunas personas habían escapado. Pelu también se sorprendió de que Mina era una líder habilidosa y se enteró de que fue honrada como una de las sacerdotisas de su tribu.

No había ningún sentido en retomar su marcha a un pueblo lleno de cadáveres en proceso de descomposición. Pelu decidió volver a su país y llevarse a los ex cautivos con él. Envió a un pequeño grupo para buscar sobrevivientes, pero que volvieran dentro de una luna, si no se encontraban ningunas.

La marcha a sus hogares se tardó más de lo habitual porque su pueblo no dejó a sus heridos en el campo. El ataque de sorpresa había funcionado tan bien que las muertes de los Crom eran pocas, y el número de heridos era inesperadamente bajo. Construyeron camadas para transportar a los que no podían caminar. Pelu se sorprendió, pero quedo contento de que las mujeres de la aldea saqueada no fueran ajenas al trabajo duro y se turnaba para tirar de camadas. Algunos también mostraron habilidad en el cuidado de heridas. Pelu insistió en que Mina caminara a su lado en la caminata de regreso a su pueblo. Tenía muchas preguntas para la joven, especialmente sobre sus espíritus y dioses. El tiempo que pasó con Neru aprendiendo su idioma resultó valer la pena. Mina también usó la oportunidad de absorber tanto conocimiento del jefe guerrero, además de hacer su trabajo como sacerdotisa de Gia y adoctrinar a su anfitrión. Og estaría orgulloso.

C A P Í T U L O 3 1
REUNIÓN FAMILIAR

Los hombres enviados a buscar sobrevivientes no estaban familiarizados con el terreno, y el olor horrible de los muchos muertos no les dejo acercarse mucho. Caminaron en un circuito amplio y consiguieron cierto alivio cuando estaban contra el viento de la carnicería. Debían tener además cuidado porque el olor podía atraer los animales carroñeros y quizás preferían carne fresca. Finalmente encontraron un rastro dejado por numerosas personas cuyas pistas sugirieron una salida apresurada. Lo siguieron por el resto del día pero dejaron la busca por la oscuridad. Tomaron descanso en un refugio erigido rápidamente.

En la mañana, la pista estaba todavía clara. Al mediodía, espiaron alguna actividad a los pies de una pequeña montaña no lejos en adelante.

La gente en la montaña era la familia extendida de Og. Tor y sus hijos estaban allí, junto con una variedad de sobrinos, sobrinas y primos. Nito reconoció a la gente de Pelu desde la distancia y alivió la mente de sus compañeros. Nito tradujo las noticias entregadas por los guerreros de Pelu: Ya no había necesidad de preocuparse por el enemigo; el hombre rojo y sus secuaces ya no eran una preocupación. El ejército de Pelu los había descubiertos en el camino de regreso después de que el pueblo fue saqueado, y habían destruido la mayoría de ellos. Los pocos que quedan no causarían problemas durante mucho tiempo. En la narrativa, no retuvieron palabras de gran elogio para Mina. Su persecución implacable, la matanza de muchos agresores y su valiente y rápido derribo del jefe de los atacantes ya eran legendarios

A pesar de las noticias, Tor estaba en un estado de ánimo sombrío. Aparte de haber perdido su pueblo y a muchos amigos, su madre, Su, no había sobrevivido el éxodo de su hogar. Le enterraron en la zona donde se encuentran los restos de Og. Su pueblo no marca las tumbas y simplemente permite que los restos regresen a la naturaleza.

Tor se confirió con su familia en cualquier decisión que pudiera afectar a todos. Accedieron a acompañar el grupo de búsqueda de Pelu hacia la tierra lejana de los salvadores. Tor y su cría no eran suficientes para establecer un pueblo independiente, pero podrían configurar con hospedajes adecuados cerca del establecimiento grande de Pelu. Tal vez cuando su número aumenta, podría ser capaz de construir un verdadero pueblo propio.

C A P Í T U L O 3 2
ASIMILACIÓN

El viaje a buscar seguridad cerca de la aldea de Pelu se hecho más tiempo del esperado. Las mujeres y niños, no acostumbrados al viaje extendido y las precauciones adicionales requeridas fuera de los confines de un pueblo bien surtido, redujo los pasos de la procesión.

Después de llegar y descansar por un día, Tor, miembros de su familia, Pelu y Neru exploraron los alrededores de la aldea grande, buscando un sitio ideal para la gente de Tor y convertirlo a su propio hogar, aunque sea temporalmente.

Encontraron un lugar cerca de colinas con cuevas que eran pequeñas pero adecuadas para el almacenamiento, así como algunas cuevas lo suficientemente grandes como para pequeñas viviendas familiares. Tor prefirió las cuevas a las cabañas o chozas, y como guía espiritual, tuvo la primera opción. Necesitaban un jefe, pero Atu, Nito y Lon se negaron. Prefieren servir como guías espirituales, ya sea en este pueblo naciente o en el de Pelu. Mina se rió cuando su padre la miró inquisitivamente. "No, padre", dijo, todavía no es mi momento. Tengo que crecer un poco más y muchas más lecciones que aprender". Tor se rió también y dijo: "Fue sólo un pensamiento ocioso en el fondo de mi mente. Algún día serás las tres: guerrera, sacerdotisa, y jefa. Me da pena a los tontos que pueden tratar de desafiarte. Tor llamó a Po, y juntos dieron un paseo a lo largo del río que serviría como uno de los límites de su futura aldea. "Po, eres el guerrero más valiente y hábil entre nosotros. Usted debe ser el jefe."

"Aceptaré, pero sólo si no afectará nuestra amistad y puedo seguir dependiendo de su consejo. Además, considera un papel para tu hija, Mina. Ella ha superado más que nuestras expectativas."

"Usted tiene mi promesa en sus peticiones. Sin embargo, temo que mi hijita hará sus propios planes y forjará un futuro de su elección. En cuanto a nosotros, hacemos un buen equipo. También necesitas una compañera. Ya no tendrás que cazar, y es hora de formar tu propia familia".

"Ser jefe tiene sus beneficios, por lo que veo, y es más fácil por ahora porque hay tan pocos de nosotros".

"Necesitas encontrar a una pareja tan pronto como sea posible y empezar a hacer más".

Po sonrió y dijo: "¿notó que dos de las mujeres que Pelu rescato de Tong ya están embarazada?"

"Sí. Eso significa por lo menos dos miembros más para que usted pueda llevar".

C A P Í T U L O 3 3
DIFUNDIENDO LA PALABRA DE OG

Al pasar los años, Tor y Po enviaron expediciones a sus tierras anteriores. Encontraron sólo huesos blanqueados en su antiguo hogar, pero ningún rastro de la gente de otros pueblos excepto vagas señales de viejas batallas. Parecía como si las cosas no habían ido bien para ellos. Si alguno estuviera todavía vivo, ellos fueron dispersos a través de la tierra.

Tor fue envejeciendo bien, y debido a la composición genética heredada de Og, los años fueron amables con él. Sus hijos ya crecieron y experimentaron líderes espirituales de la Crom y su creciente colección de chozas y población en expansión. Algunos grupos establecieron otros pueblos. Cada aldea era un municipio distinto con su propio jefe. El único denominador que permaneció prácticamente intacto fue las enseñanzas espirituales inspiradas por Og y refinadas por Tor. Continuó floreciendo en las generaciones que siguieron. Tor había comenzado el adoctrinamiento de los niños de Nito y de Fela. Ellos y los suyos algún día extenderían el mensaje espiritual entre otros pueblos de la Crom. Su hija Lia mantenida a la tradición con su propia y Neru se había convertido hace mucho tiempo.

Durante el éxodo y más tarde cuando la tribu buscaba restablecerse alrededor del compuesto de Pelu, Mina recordó sus acciones durante la batalla en su tierra natal. Ella apreció mucho el intento de Pelu de rescatar su aldea y la batalla con los hombres pintados. Ella era muy aficionada a su propio duelo con Tong. Estaba eufórica porque había sido la que se enfrentó a él y se vengó por su devastado pueblo natal. La joven no había dejado de lado sus sueños de convertirse en jefa tribal, sino que se sumó a sus planes al insistir en que su hermano Atu afinó su instrucción sobre todos los asuntos espirituales. Mina también pidió que Po continuara como su mentor para perfeccionar sus habilidades en el arte de la guerra. También estudió y absorbió sus técnicas de liderazgo como jefe. Quería ser jefa de aldea, así como su líder en guerra y sacerdotisa. A medida que se hacía más fuerte, finalmente logró su objetivo de empuñar el hacha de batalla mejor que cualquier hombre. Era su arma preferida en combate a corta distancia. Su habilidad para golpear a un objetivo a distancia con un hacha lanzada se convirtió en la envidia de todos.

Con el tiempo, Mina encontró un compañero entre los Crom y con algunos otros de sus respectivos clanes establecieron su propio pequeño pueblo donde cumplió sus sueños y emergió como una de las primeras caciques y sacerdotisas femeninas. Lo único que la sorprendió durante su adoctrinamiento espiritual fueron las complejidades de la elaborada fantasía que el abuelo Og había formado de pura imaginación y luego incrusto en las mentes de toda la población. Siempre había tenido sus sospechas y dudas, pero no era su lugar para dudar a sus padres o abuelos. Además, hasta el momento de la invasión, todo había estado bien. Ahora, cuando le llego su tiempo de continuar el legado familiar, no estaba a punto de rechazar un programa que había funcionado tan bien durante gran parte de su vida. Mina estaba decidida a continuar las formas de su padre y su abuelo, pero añadiendo unos toques personales.

Bajo su liderazgo como jefe y alta sacerdotisa eventualmente fundó pueblos elaborados en sus propios territorios. Hizo hincapié en que las mujeres desempeñan un papel importante como sacerdotisas y guerreros respetando también la necesidad de los hombres. Sus hijas fueron adoctrinadas como sacerdotisas para representar el creciente panteón de diosas bajo madre Gia. Atha, la protectora espiritual de guerreras femeninas recibió la mayor atención y ofrendas del creciente ejército de Mina de combatientes intrepidez.

A medida que se hizo más fuerte, finalmente logró su objetivo de empuñar el hacha de batalla mejor que cualquier hombre. Era su arma preferida en combate cuerpo a cuerpo. Su habilidad para alcanzar un objetivo a distancia con un hacha arrojada se convirtió en la envidia de todos.

Había pospuesto su objetivo de cazar y dominar ella sola a un oso cavernícola gigante hasta alcanzar la verdadera condición de mujer. Habría sido una locura intentar tal hazaña con la constitución y los músculos de un niño.

Cuando llegó el momento, resultó ser un partido injusto. Se encontró con un gran oso sorbiendo miel de una colmena dañada. El oso se volvió indiferente hacia ella. Debía haber estado en un ligero estupor por atiborrarse de miel mientras caminaba perezosamente hacia Mina. Era una bestia enorme y Mina no podía arriesgarse a un cambio repentino en la intención o disposición del animal. Además, a su naciente aldea le vendría bien más carne. Sacó su hacha de batalla y la arrojó con toda su considerable fuerza. Golpeó a la bestia entre los ojos, pero con el extremo romo. El golpe no lo mató, pero lo dejó aturdido. La primera aleta golpeó debajo de la garganta, se elevó sobre sus patas traseras, pero sólo pudo producir un rugido gorgoteante. Mina sacó su lanza corta y la dejó volar. Entró en el pecho y cuando el oso cayó sobre los cuatro patas, el suelo empujó la lanza más profundamente en su corazón. Como ya era costumbre, la cazadora dio paso a la sacerdotisa que llevaba dentro y agradeció a Gia por proporcionar sustento a su tribu.

Mina reunió a su rebaño y algunos de ellos regresaron para recoger la recompensa. Nito estaba de visita y le dijo que su padre estaría muy orgulloso, al igual que los restos de su antigua tribu.

Mina vivió una vida larga y fructífera. Añadió a sus prácticas religiosas la construcción de templos para honrar a los muchos espíritus que ella le atribuye los logros de su pueblo y vidas ricas y aventureras. Sus descendientes seguirán prosperando durante muchos años, ganando fama por sus inigualables hazañas en la batalla y las innovaciones. Su gente domesticó el caballo y desarrollaron la estrategia de la guerra montada para proteger sus tierras y ciudades.

Tor creía que había seguido a través en su promesa a Og para mantener viva sus enseñanzas. Él estaba también cada vez inquieto. Su compañera había muerto hace lunas, y había sido reacio a elegir otra. Anhelaba una nueva aventura. Viajeros visitantes contaban historias de vastas extensiones de tierras hacia el este y pueblos que eran ignorantes de la existencia de los espíritus. Aunque estaba ansioso por el cambio, Tor prefería planificar en lugar de apresurarse en el desconocido.

Mientras que él reflexionaba sobre su futuro, Tor encontró a Mila, una mujer interesante en la aldea de Crom. Ella era una joven hija de un guerrero que había perdido su vida al defender el hogar anterior de Tor. Con una compañera joven, ahora necesitaba otros aventureros para que lo acompañara. Su nieto de Atu era bastante mayor y estaba ansioso por viajar con su abuelo. Nito tenía también un hijo en busca de aventura. Dos jóvenes Crom y amigos de los nietos de Tor voluntario sin necesidad de persuasión. La expedición consistía ahora de Tor; su compañera, Mila; sus nietos Aru y Sito; y sus dos amigos Loro y Bolu. Los cuatro hombres jóvenes lograron convencer a sus amigas a unirse a ellos en su búsqueda.

Se Despidieron de sus familiares y amigos y comenzaron un viaje destinado a continuar por años y continuada por una larga línea de descendientes. Finalmente, atravesaron lo que hoy es Oriente Medio y Asia. Llegaron a través de otras tribus en el viaje que no tenía destino prefijado. Reclutaron a nuevos compañeros en el camino. A medida que aumento su populación, algunos de la banda de nómadas encontraron sitios favorables y decidieron quedarse para establecer sus propias vidas. Otros encontraron favor con clanes existentes en el camino, se unieron a ellos y eventualmente lograron a ser asimilados dentro de esos grupos. Entre quienes de esos que terminaron la asociación de los exploradores errantes eran líderes espirituales ordenados por Tor o su progenie. Su inherente sentido de deber era transmitir las enseñanzas antiguas por su patriarca espiritual ya muerto por largo tiempo.

Tor vivió aún más de su padre, Og. Él engendró a muchos niños durante su odisea, y cada uno aprendió y practicó las palabras de Og. Tor a sí mismo no llego al nuevo continente, y sus compañeros no se dieron cuenta que había cruzado a un mundo donde fueron los primeros seres humanos. El cuerpo físico de Tor se quedó en una tumba sin nombre, pero sus enseñanzas, rituales, creencias y cuentos de la vida legendaria de su familia fueron llevados adelante en las mentes y almas de su progenie.

Descendientes de los exploradores originales migrantes gradualmente numeraron en los centenares y cruzaron el estrecho de Bering. Se volvieron al sur a las tierras que ahora se llama América del norte y del sur. Durante los siglos posteriores, extendieron a lo largo de todas las áreas habitables de su nuevo mundo. Se dividieron en grupos separados, que eventualmente formaron tribus indígenas desde el Océano Pacífico y a través de las llanuras hasta el Océano Atlántico. Algunos se aventuraron más lejos hacia el sur y se convirtieron en Azteca, Mayas, Toltecas, Incas y otras civilizaciones en el que las prácticas y creencias religiosas desempeñaron un papel muy importante.

El linaje del primer sacerdote, quien permaneció en el viejo mundo y sobrevivieron a las condiciones difíciles de la época, finalmente prosperó y dio lugar a las naciones en toda Europa, Oriente Medio y Asia. También llevaban las enseñanzas espirituales de sus ancestros, aunque en algunos casos, fueron modificadas con el paso del tiempo o corrompidos por la codicia o ambición de poder.

La leyenda de Og se desvaneció en la oscuridad, pero su creación original de idolatría persuasiva se extendió por todo el mundo viejo y nuevo y continua en el futuro de hoy.

Fin

EPÍLOGO

Como los seres humanos desarrollaron grupos familiares y sociales para la protección mutua, la procreación y la supervivencia de la especie, surgió la necesidad de líderes. Un patriarca o matriarca para unidades familiares más pequeñas y un jefe o líder para grupos más grandes, se convirtió en la norma. Posiciones de liderazgo pasan generalmente encendido vía herencia, y a veces era mediante un combate. Otros guías espirituales, sacerdotes y chamanes pudieron mantener la misma jerarquía por enseñanza de sus hijos e hijas a continuar la tradición familiar. A lo largo de la historia, reyes, reinas, faraones y los papas incluso hicieron todo lo posible para mantener a miembros de la familia en el poder. La familia de Medici controló el poder papal de 1513 a 1605, además de asientos real de poder durante los siglos XVI al siglo XVIII en Francia y en las secciones de Italia (Medici familia 2017). Además, el clan Borgia resolvió iglesia y Estados durante el siglo XV y el siglo XVI (Lagasse 2017). Se trata de un tramo de imaginar que los seres humanos anteriores emplearon los mismos métodos hereditarios para mantener influencia política o religiosa dentro de los círculos de la familia.

Aunque el pueblo de Og creció y prosperó durante muchos años, el futuro utópico que visualizaba para su pueblo no debía ser. La edad de hielo arrastrando lentamente hacia el sur le hizo la vida más difícil. Del este vino una forma de hombres diferente: más alto, más delgado, más ágil, mejor armados y más evolucionado para la supervivencia.

Descendientes de Og encontraron que ninguna cantidad de oración o sacrificio sangriento podía impedir el frío mortal, o el hielo rastrero que crecía casi diario. En el tiempo, naturaleza y los recién llegados los empujo fuera de su hábitat acostumbrado. Poco a poco fueron asimilados por los intrusos, y a pesar de que añadieron al código genético de la gente nueva, la especie como conjunto dejó de existir.

La gente de Og se convirtieron en meros fragmentos de ADN en el futuro de la humanidad, pero sus ideas religiosas nacientes, en una gran variedad de formas y encarnaciones, nunca fueron abandonadas y se convirtieron en la fuerza persuasiva más fuerte jamás imaginadas.

NOTAS HISTÓRICAS

De alrededor de 1848 cientos de huesos de Neandertal fueron descubiertos desde Gibraltar y por toda Europa, y Himalaya. Fósiles encontrados en el valle de Neander de Alemania condujeron al nombre de Neandertal. Se cree que los primos del hombre moderno vivieron en cuál ahora es Europa y Asia de cerca de 200.000 años hasta unos 10.000.

Antropólogos y arqueólogos tempranos habían montado huesos de Neandertal incorrectamente, lo que representó a neandertales como tener arqueó en las piernas y espalda jorobada. El error en la reconstrucción del esqueleto llevó a los investigadores a creer que andaban como simiescos. Correcciones posteriores muestran que de pie eran totalmente verticales como hombre moderno. Mejores métodos arqueológicos modernos, análisis y equipo de rayos x ayudó a los investigadores de último minuto en otros supuestos y conclusiones erróneas. Los descubrimientos más importantes se produjeron después de suficientes muestras de ADN llegó a estar disponibles para los científicos a descifrar.

Un esqueleto de Neandertal completo aún tiene que encontrarse. Para crear un modelo completo, Gary Sawyer, un experto en reconstrucción esquelética del Museo Americano de Historia Natural en Nueva York, utilizando el método ficticio que el Dr. Frankenstein utilizo para reconstruir su monstruo con piezas de varios ejemplares. El resultado fue un hombre de cinco pies y cuatro pulgadas, de cuerpo poderoso. Tenía un pecho de barril y un área abdominal importante. Hombre de Neandertal no tenían cintura delgada. El cuerpo corto y compacto se adapto para sobrevivir en climas muy fríos. Los investigadores estiman que el hombre de Neandertal pudo haber sido tanto como seis veces más fuerte que los seres humanos modernos. A pesar de su capacidad de adaptación y aparente físico robusto, su longevidad era cortas en comparación con la población de hoy: la vida media fue aproximadamente treinta años.

El ejemplar más antiguo encontrado aparece haber llegado a cuarenta y cinco años de edad; él estaba acribillado con artritis y le quedaban pocos dientes. El ambiente áspero, peligroso estilo de vida, depredadores y enfermedades no contribuyó a la longevidad.

Tras el montaje de un esqueleto tamaño real, fue el trabajo de Ralph Holloway, Universidad de Columbia y experto en la anatomía de los cerebros antiguos para determinar su capacidad intelectual. El tamaño del cráneo sugiere que el cerebro del Neandertal era alrededor del 20 por ciento más grande que los de los humanos modernos. Un elenco formado por la huella del interior del cráneo determino que la simetría del cerebro tema era el mismo que el hombre moderno. Los lóbulos frontales y prefrontales también eran los mismos. La conclusión fue que la función cognitiva tiene que ser similar a los seres humanos actuales.

El siguiente paso fue determinar capacidades lingüísticas. Profesor Bob Franciscus, un antropólogo y experto en narices y gargantas, examinó un Neanderthal hueso *hyoid*, que es esencial para el discurso. Tuvo que reconstruir artificialmente el tejido blando que rodea el hueso. El tracto vocal resultante fue más corto y ancho que los seres humanos actuales, pero anatómicamente lo suficientemente similar como para permitir el discurso. Otro experto, el especialista de voz Patsy Rodenburg, determinó el posible tono de voz de un Neandertal después de considerar factores conocidos de la forma del tracto vocal, la caja torácica profunda, el pecho poderoso e incluso el peso del cráneo.

Estos estudios niegan las creencias previas que los neandertales eran simiescos, brutales bestias de intelecto limitado, sin palabras y generalmente inferior a los seres humanos más adelante.

"La imagen pública de hombre de Neandertal como bestias con cejas baja, y jorobadas está lista para un cambio de imagen. Los seres humanos a veces gustan pensar de sí mismos como absolutamente distinto de sus extintos primos, pero la evidencia de sitios más y más fósiles sugiere que los Homo Neanderthalensis y Homo sapiens comparte muchas cualidades personales"(Ackerman 2017).

En los últimos años desde la secuenciación del código genético Neandertal, viejos supuestos o conclusiones están experimentando cambios radicales. Es claro que los Cromañones y Neandertales coexistieron e incluso se cruzaron por varios miles de años. Los Neandertal no fueron extintos debido a un evento cataclísmico. Su número puede han disminuido debido a un repentino cambio en tiempo antes de la llegada de los nuevos hombres. Quedaban suficientes para interactuar y criar con los recién llegados. Finalmente, fueron lentamente asimilados en la población creciente del hombre moderno. Estudios genéticos y la estimación de muestreo que presentan, hoy los europeos y los asiáticos llevan 1 por ciento a tan alto como el 4% de ADN Neandertal. Patrones de migración temprana indican el flujo de exploradores o nómadas fueron al norte de África y no a la inversa, y así el ADN Neandertal es raro o inexistente en las personas de ascendencia africana.

Parece ser que el hombre moderno puede ser agradecido a Neandertales por pasar de una secuencia de genes, antígenos humanos de leucocito (HLA), que regulan el sistema inmunológico y ayudar a resistir la enfermedad. También les dieron a los seres humanos modernos la susceptibilidad a las alergias, por lo que el intercambio no siempre fue positivo (Max Planck Inst 2010).

Las siguientes citas de variadas investigaciones son otras indicaciones que había definidas interacciones entre Neandertales y otros homínidos que eran anatómica e intelectualmente cerca de las versiones modernas de los seres humanos. El término *hombre de Cro-Magnon*, refiriéndose a las personas que convivieron con los Neandertales, ya no suele utilizarse. Las designaciones ahora preferidas son los seres humanos anatómicamente modernos {Anatomically Modern Humans} (AMH) o los seres humanos modernos tempranos {Early Modern Humans} (EMH). Algunas fuentes estimación del período de la interactividad entre los dos duró de 5.400 hasta 10.000 años. La más grande población de EMH eventualmente absorbió o asimilo al menor número de Neandertales.

Cuando los seres humanos modernos reunieron a Neandertales en

Europa y las dos especies comenzaron el mestizaje de muchos miles de años, el intercambio dejó los seres humanos con variaciones de genes que han aumentado la capacidad de los que para evitar la infección. (Célula de prensa 2016)

Encontramos ese mestizaje con seres humanos arcaicos, los Neandertales y Denisovans — ha influido en la diversidad genética en el genoma actual en tres genes de la inmunidad innata perteneciente a la familia de Toll-like-receptor humana. (Kelso 2016)

Estos genes TLR se expresan en la superficie celular, donde detectar y responder a los componentes de las bacterias, hongos y parásitos. (Dannemann 2016)

Otros descubrimientos arqueológicos recientes sugieren que los Neandertales entendían arte y simbolismo, y practicaban rituales, lo que demuestra conciencia espiritual. Puede que utilizaran plumas y conchas como adornos, y aplicaban tatuajes y pintura corporal. Los investigadores determinaron que cruce pudo haber llevado a la adquisición de otros importantes rasgos y características tales como patrones de sueño, pigmentación de la piel, color del pelo y otras características.

Más investigación en el Instituto Max Planck siguió determinar el grado de "influencia ADN Neandertal podría tener en la variación normal en la gente hoy" (Kelso 2017).

Al escribir este libro, le di a caracteres Neandertales nombres monosilábicas bajo la impresión de que su lenguaje era primitivo y probablemente consistió en poco más que gruñidos y señales. Ese supuesto parece ser falso. En la investigación más adelante, descubrí que trazado genético Neandertal determina que la secuencia en el área de lenguaje era idéntica a los seres humanos modernos. Su lenguaje puede haber sido tan complejo como discurso moderno. Con perdón de antepasados que han contribuido a un pequeño porcentaje a mi propio ADN, no reescribí para darles nombres más complejos.

Aunque sofisticada metalurgia no llegó a ser un arte hasta alrededor del 5000 A.C., metales naturales eran conocidos por los seres humanos tempranos, y algunos encuentran usos para ellos como decoraciones, tales como oro y plata. Utilizaron metales más duros como armas.

Primeros homínidos probablemente utilizaban rocas como sus primeras armas y progresaban a clubes u otros artículos similares de mano. Evidencia arqueológica indica que la lanza entró en uso hace 500.000-780.000 años. El arco y la flecha aparecieron hace unos 64.000 años, y el atlatl desarrollado en algún momento entre los sistemas de las dos armas (Rhodes 2013).

Tres sistemas de arma importantes aparecen durante la edad de piedra, que, en conjunto con otras estrategias básicas de supervivencia, primeros seres humanos para sobrevivir y prosperar después en condiciones a menudo extremadamente adversas. (Rhodes 2013)

Hombre de Neandertal desarrolló un método de destilación seca único para producir pegamento caliente abedul usado para unir puntos de la lanza a sus ejes. El antiguo proceso ha sido duplicado bajo condiciones de laboratorio moderno, pero sólo en pequeñas cantidades.

Habilidades para controlar con precisión las temperaturas de fuego y para manipular propiedades adhesivas se creen que requieren rasgos mentales avanzados... Neandertales deben haber sido capaces de reconocer ciertas propiedades de los materiales, tales como adhesivo (pegamento) y la viscosidad. (Kozowyk et al., 2017)

SOBRE EL AUTOR

Sr. Jaime Reyes ha disfrutado de muchos cambios de carrera. Nació en Arecibo, Puerto Rico, hace varias décadas. Su familia se trasladó a los Estados Unidos continentales a casi ocho años de edad. Él hablaba nada de inglés, pero en cuestión de meses fue lo suficientemente fluido para convertirse en una recta un estudiante. Ayudó a que aprendió a leer en español a tres años de edad y continuó alimentar su voraz apetito de palabras en el nuevo idioma.

Después de graduarse de la escuela secundaria Thomas A. Edison, fue enrolado en el ejército de los E.E.U.U. y sirvió honorablemente en Vietnam como un agente de inteligencia militar y Analista. Después de terminar el servicio militar, comenzó su propio negocio, que logró con éxito durante siete años.

Vendió el negocio y entro a la carrera de sus sueños en aplicación de la ley. Trabajó con el Departamento de policía de Filadelfia por cinco años y, a continuación, la oficina del Sheriff como un sheriff de diputado de Filadelfia. Se desempeñó durante veinticinco años, los últimos diez años como sargento. Durante horas libre, escribió artículos como un hobby en inglés y español, incluyendo artículos de opinión, columnas de huéspedes y artículos de servicio público en varios periódicos y publicaciones en línea.

Después de retirarse de la aplicación de la ley, quería establecer credenciales para continuar una carrera de la escritura, y así obtuvo una licenciatura en comunicación y periodismo en una época cuando muchas personas están disfrutando de un retiro tranquilo.

Continuó escribiendo artículos y relatos cortos. La versión del cuento de *En el Principio* recibió buenas críticas, y decidió convertirlo en una novela. Un incentivo para que el cuento y el libro vino de un estudio genealógico que determina que su linaje ancestral variado incluido ADN de Neandertal de 3 por ciento.

En el principio (In the Beginning) es su primer libro publicado.

FUENTES

Ackerman, S. J. 2017. "Hombre de Neandertal revisitada." *Científico americano* 105, no. 1 (enero/febrero): 6 – 7.

Borgia. 2017. en P. Lagasse, Columbia University, *The Columbia Encyclopedia,* edición 7, Nueva York: prensa de la Universidad de Columbia. Obtenido de http://search.credoreference.com. contentproxy.phoenix.edu/content/entry/columency/borgia/0.

Prensa de la célula. 2017. "características más asociadas con el ADN Neandertal." *Diario de la ciencia.* 5 de octubre. www.sciencedaily. com/releases/2017/10/171005121106.htm.

Prensa de la célula. 2016. "Neanderthal Genes dieron a los seres humanos modernos un impulso de inmunidad, alergias." *Ciencia todos los días*, el 7 de enero. www.sciencedaily.com/ releases/2016/01/160107140408.htm.

Dannemann, Michael, Aida M. Andrés y Janet Kelso. 2016. "introgresión de Neandertal y Denisovan-como haplotipos contribuyen a la variación adaptativa en humanos receptores Toll-like". *Diario americano de la genética humana* 98, Nº 1:22. DOI: 10.1016/j.ajhg.2015.11.015 .

Dannemann, Michael y Janet Kelso. 2017 "la contribución de los neandertales a la variación fenotípica en los seres humanos modernos". *Diario americano de la genética humana.* 10.1016/j. ajhg.2017.09.010 .

Deschamps, Matthieu, Guillaume Laval, Maud Fagny, Yuval Itan, Laurent Abel, Jean-Laurent Casanova, Etienne Patin y Lluis Quintana-Murci. 2016. "firmas genómicas de presiones selectivas e introgresión de homínidos arcaicos en Genes de la inmunidad innata humana." *Diario americano de la genética humana* 98, no. 1:5. DOI: 10.1016/j.ajhg.2015.11.014 .

Kozowyk, P. R. B., M. Soressi; D. Pomstra y G. H. Langejans. 2017 "métodos experimentales para la destilación del Paleolítico seco de abedul corteza: implicaciones para el origen y desarrollo de la tecnología adhesiva Neandertal." 7 *informes científicos* (ago): 1 – 9.

"Familia de Medici". 2017. en *Enciclopedia Británica*. Obtenido de http://academic.eb.com.contentproxy.phoenix.edu/levels/collegiate/article/Medici-family/51736.

Rodas, H. 2013. "Tomando propiedad de distancia en la edad de piedra con lanza, Atlatl y tiro con arco: sistemas de armas prehistóricas y el dominio de la distancia." *Informe comparativo de las civilizaciones*, núm. 69 (caída): 45 – 53.

Universitat Bonn. 2013. "Gene inmune en seres humanos heredado de los neandertales, estudio sugiere". *Ciencia diario*, 22 de noviembre. www.sciencedaily.com/releases/2013/131122084405.htm .

Universidad de Oxford. 2014. "neandertales"Overlapped' con los humanos modernos hasta 5400 años." *Ciencia diario*, 21 de agosto. www.sciencedaily.com/releases/2014/08/140821123757.htm .

PARA SU INFORMACIÓN

Los siguientes enlaces videos proporcionan más información sobre neandertales y primeros humanos modernos.

https://www.youtube.com/watch?v=RrfTp0eUuB4
https://www.youtube.com/watch?v=6hIyD1QlX9k
https://www.youtube.com/watch?v=sSANyOtEalg
https://www.youtube.com/watch?v=5sM7Tr8qlvU
https://www.youtube.com/watch?v=dWKCdChaLn0

Los eventos que ocurren en esta historia tienen lugar durante la épocas Paleolítica (2 millones de años ADC hasta 10.000 años ADC) y Neolítica (9.000 años ADC y siguiente) O mejor dicho, Edad de piedra antigua y nueva edad de piedra

Armas en uso durante la Era Paleolítica y Neolitica

Atlatl: Cortesia de: https://en.wikipedia.org/wiki/Spear-thrower

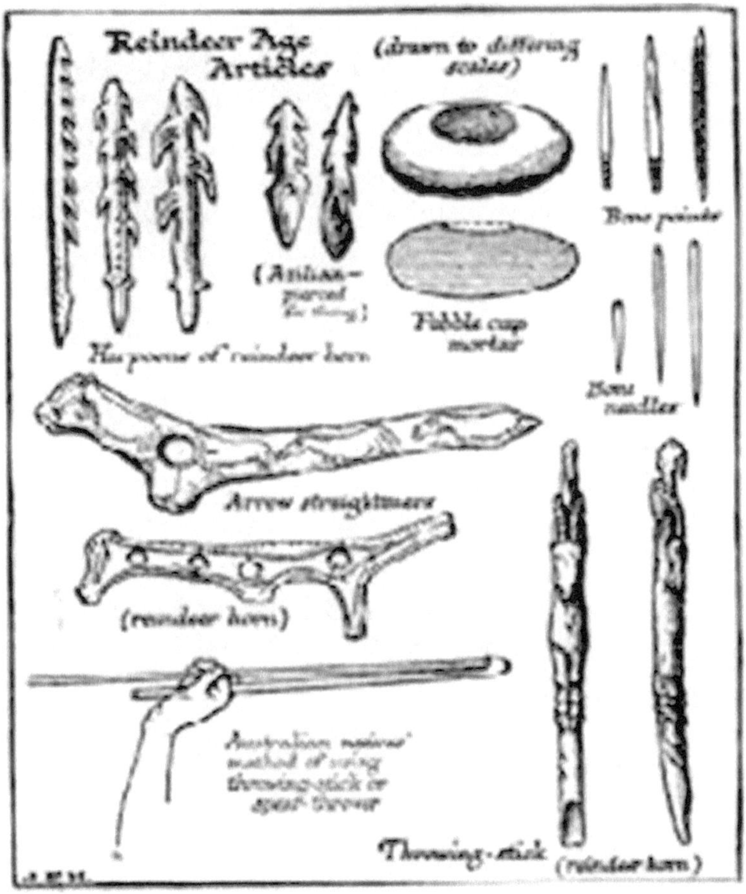

Cortesia de https://en.wikipedia.org/wiki/Spear-thrower

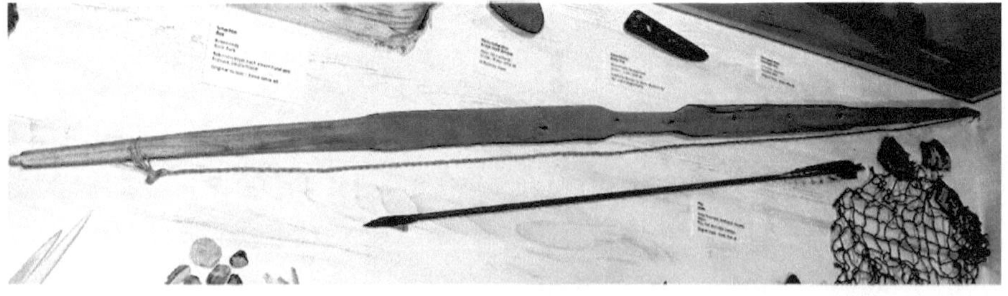

Reproducción de arco y flecha que podrían ser el tipo en uso. En expuesto: En el Neanderthal Museum, Mettmann, Germany.

Circa 9 000 BP.
Cortesia de:

Foto: Don Hitchcock 2015
Fuente y texto: Neanderthal Museum,
Mettmann, near Düsseldorf, Germany
http://www.donsmaps.com/tools.html

CONTACTE EL AUTOR

Twitter: @Rey3J
Facebook : James Rey
Website:
Word Press: http://jrey3.com
Email: jrey3@yahoo.com

VIENE PRONTO:

El síndrome de Lázaro
¿Por qué no puedo morir?
Una colección de resucitaciones,
avivamientos,
ECM y EFC
Con:
Un libro de memorias, incluyendo la guerra de Vietnam

Jaime Reyes